U0443861

译文纪实

YOU BET YOUR LIFE

Paul A. Offit

[美] 保罗·奥菲特 著 仇晓晨 译

赌命

医疗风险的故事

上海译文出版社

过去永远不会死，它甚至还没有过去。

——《修女安魂曲》，威廉·福克纳

推荐序　医生也信“命”？！

王兴（北京大学肿瘤学博士，上海市第一人民医院胸外科副主任医师）

医生信命吗？

真的信。

包括我在内的许多医生，不一定有什么宗教信仰，但大多是信“命”的。这并不是封建迷信，例如值班的时候不吃芒果（忙）吃苹果（平安），虽然很多时候我们确实愿意这样做。医生信的“命”，本质上是概率。因为现代医学是一门建立在概率上的、不确定的科学。

一个医生从初出茅庐到能够独当一面，不是看他能做多少手术，处理过怎样复杂的情况并且化险为夷，而是看他的胆子。刚开始做手术的时候，我没有什么是不敢做的，冲劲很足，但十年后的今天，我怂了很多。这种怂，不是单纯地放弃挑战，而是认清概率。

假设一个风险出现的概率是千分之一，你十年最少治疗 1000 个病人，这种风险就从小概率事件，变成一个大概率事故。

近几年肺癌领域比较流行免疫治疗，因为一些惠民政策，大多数免疫药物都从最开始的一个疗程 10000 元降到了 1000 元左右。这固然可喜，但令医生比较头疼的是，当价格低到比很多缓解呕吐的辅助药物都便宜的程度时，会导致一个结果——由于患者缺乏对这类药物副作用的必要认识，认为既然这药不贵，所以加上也没啥事。

有一次，我们前一天还在感叹病人用药两天就明显好些了，患者开开心心地回了家，第二天接到病人家属的消息，说病人走了。从经验上看，很可能是暴发了免疫性的心脏毒性，概率大约是 5%，没有缘由，甚至目前都找不到关键的标志物来确定谁是那 5%。

年轻医生不愿意谈风险，觉得概率太低。但我会把风险谈到位，让病人知道，无论是手术还是用药，咱都是要赌命的。还记得科室里的一名患者术后第二天上厕所时突然倒地，一查发现是急性脑梗，于是迅速抢救，花了十几万，最后的结局却是植物人状态，病人很快就去世了。

原本只是一个简单的小手术，病人却因此失去了生命。尽管抢救及时，病人的爱人对我们表示了感激，但家属依旧对我们发起了质询——

“手术是不是不该做？”

“如果手术不做，病人是不是也能活很多年？”

“手术前你们为什么没有和家属强调会脑梗，如果知道有这个风险，我们就不着急做了。”

换做我是家属，我也会这么问。没办法，外科医生的工作就是把情绪埋入一座独属自己心中的坟墓，继续戴上冰冷的面具工作。但是越工作，就越怂，越会和病人唠叨风险，而不是吹嘘自己的强大和对手术的轻描淡写。

我希望更多的人阅读这本书，正是因为它并非说教，而是用事实告诉人们，医疗风险是一个不容忽视的问题。

医学虽然早已从鬼神祭祀的巫术，经历了一波又一波令人欣喜的革命性进步发展到今天，但仍旧充满了诸多不确定性。这就是书名的由来，赌命，或者直译为——你要赌上你的命。

这一点不夸张。如今看起来非常成熟的技术：输血、抗生素、疫苗、麻醉……这些医术发明的过程中，带来的不只是人民福祉的提升，还伴随着灾难性的后果。

如果说，作者的《疫苗的故事》的关键词是“代价”，那么《赌命》的关键词就是“不确定性”。本书写作时正值新冠疫情肆虐全球，各国都在疫苗的赛道上马不停蹄，寄希望研制出特有的疫苗，让本国在这个时代取得巨大的优势。2020 年 4 月 7 日，FDA 在药物有效性研究结果缺失的情况下，批准了一种名为羟氯喹的抗疟疾药物用于治疗新冠病毒感染。包括时任美国总统在内的很多人都认为，试试能有什么害处呢？很可惜，多项研究结果表明，羟氯喹既不能治疗也无法预防新冠病毒感染，并有约 10% 的用药患者出现了严重的心律失常。两个月后，FDA 撤回了该用药建议。

可以说，对于美国政府为了“赢”而忽视医学新技术潜在风险的控诉，正是本书创作的目的之一。不同于按照时间记叙的西方医学史，《赌命》无意渲染历代人杰夺取医学桂冠的筚路蓝缕，而是从九大现代医学进步背后的胜利和悲剧故事出发，向我们传递一个深刻的教训——我们是否要，何时以及如何接受新技术。本书用冰冷的数字告诉读者，那些以治愈之名的美好医学发现，其中隐藏的 bug 怎样一步一步酿成了灾难。阅读的过程中我无比感慨，医学学习只让我看到了人类的寿命不断增加，但没有看到，那一个个医学史上的闪光叠加人类特有的傲慢，让历史一次又一次踩踏着尸骨和血泪前行。

人类对医学的发现往往伴随着几类错误。

第一类，认知不充分。

作者以输血为例。一开始人们学会用牛羊给人输血，当一次偶然的输注人血成功之后，便陷入了赌博式的游戏，因为在输血后，有一定的概率人会死去。今天我们知道，人有 ABO 血型，还有 Rh 血型，只有配型正确的输血方式才成立。在人类自以为发现了该自然规律并开始大肆输血后，又再一次被教育了，因为输血带来的乙肝、艾滋病泛滥造成的灾难，远比之前严重得多。你会发现，人越是普通，就越是自信，越是自信，代价就越大。

第二类，步子太大又缺乏监管。

被称为“20 世纪最严重的大规模中毒事件之一”的主角，是一种叫做磺胺的抗生素，直到今天它还是常用的抗生素。当时该药上市销售四周，累计 353 人服用，105 人死亡，其中包括 34 名儿童。最后人们发现，问题不是磺胺，而是药物的溶剂出了问题。溶剂中含有致死性的二甘醇，会造成肾毒性。1938 年 3 月 5 日，罗斯福总统签署了《食品、药品和化妆品法案》，自此，美国的制药公司才被要求必须在标签上列明所有药物成分，必须充分开展产品安全测试才能获得 FDA 的上市许可。

第三类，“死马当活马医”的孤注一掷。

最典型的例子就是生物治疗。魏则西事件中，魏则西在软骨肉瘤的治疗上抱着绝望的心态尝试了生物治疗，最终人财两空。许多看似是“新药”“新疗法”的有效性并没有被充分验证，而一种明星疗法所带来的巨大名利诱惑，也驱使医生忽视伦理和监管流程推进临床试验，这种“双向奔赴”的人体试验是灾难性的，例如几年前闹得沸沸扬扬的基因编辑胎儿的事件。这些试验会给个体以及人类带来难以预测的巨大风险，作者认为我们必须将刹车牢牢控制在脚下。

第四类，动物试验让人产生的错误信心。

成功地为黑猩猩移植了心脏，不代表人就会成功。物种之间，人与人之间，存在着巨大的物种和个体差异。社交媒体经常报道某款药物在细胞水平和动物水平上发挥了不错的效果，听上去好像人类马上就要攻克某种疾病了。但只要是经历过基础科学研究训练的研究生，都知道药物从体外到体内、从动物到人之间，存在着巨大的鸿沟。细胞水平有效的，动物水平未必有效，动物水平有效的，人体试验未必有效，甚至会引发一系列连锁反应。人体的精巧也决定了任何改变人体自身结构和调节的方法都势必存在缺陷。

《赌命》是一本清醒之书，既剑指毫无证据就急着推进大规模临床试验的美国政府，又希望让每个挣扎中的患者能够在治疗中保持理智。在书中你会了解到，医学发展的历史上，打了麻药人可能睡着，也可能睡不着；打了疫苗人可能抵抗病毒，也可能死于疫苗本身；就连输血这种现代社会稀松平常的操作，也曾经是要“赌一把”的。

没有人愿意赌命。就好比患者问我能不能治好，如果我回答“看命好不好吧”，大概是要造成医患矛盾的。事实上，尽管当下大多数技术风险已然非常可控，但风险的概率依旧不是零，更何况新技术上的探索。你会发现，当社交媒体上出现一种新型疗法时，最淡漠的其实是医生。不是因为他们不接受新事物，恰恰是因为他们理解新技术背后的不确定性。

医生的工作，就是在知晓不确定性的前提下，努力打出对患者最有益的一张牌而已。这，才是医生所相信的“命”。

推荐序　过去未曾过去，现在生成未来

尹洁（复旦大学哲学学院教授，生命伦理及医学哲学专家）

人类关于技术的看法莫衷一是，尤其是当技术的应用与生命决策相关时，更显现出技术不确定性带来的伦理复杂性。无论在宏观层面如何判定技术对于人类和社会的影响，个人和家庭的决策总是基于具体情境和真实生命体验的权衡。

对于理性决策者而言，最稳妥的选择显然是等到一种新技术进入大范围应用的成熟期再使用，但正如保罗·奥菲特博士给出的那个类比：如果被狮子追赶，你会更愿意冒险跳入一条满是鳄鱼的河里逃生，宁愿相信自己能从鳄鱼嘴里存活呢，还是万般犹豫，无论如何都难以毅然跳入河中？

《赌命：医疗风险的故事》在英语世界推出的时刻恰逢新冠病毒席卷全球，彼时民众对于科学和疫苗知识的需求和怀疑同步发生。即便在疫情过后或很久以前，对于疫苗的信任在人类历史上也从来不是一个默认的选项。《赌命》讲述了诸多医学史上的重大发明和创新，读者会看到移植、输血、麻醉、生物制品、X

射线、化疗等同样经历了风险重重的阶段，抗生素和基因治疗的风险直到现在仍是科学上备受争论的问题。

如果拥抱医学创新的风险那么大，冒险的理由到底是什么？不打算承受风险也有其解释，一种心理学意义上的合理化说明是：相较于作为带来的可能伤害，人们更容易接受不作为带来的可能风险。但如果不作为的后果严重到别无选择呢？如今的读者也许很难想象，现今早已在我国由政府免费提供且公众须按规定接种的脊髓灰质炎疫苗，当年问世之时造成过多大的伤害，而在民众心理层面造成巨大杀伤的原本是脊髓灰质炎——“一项全国民意调查显示，在‘美国人最怕什么’的排名中，脊髓灰质炎仅次于原子弹。”（《赌命》，第 119 页）脊髓灰质炎在社区中的传播曾造成大量残疾和死亡，这样在身后追逐的“狮子”很难不让人纵身跳入满是“鳄鱼”的河。

同样很难想象的是那些最早在移植、麻醉、疫苗研发等领域做出创新的人各自经历了怎样跌宕起伏的传奇人生。牙医霍勒斯·威尔斯最早将一氧化二氮用作麻醉剂，但不幸实验失败、受尽羞辱。极为讽刺的是，这个本该赢得麻醉剂发明者称号的人成了一个氯仿成瘾者，最后口中被塞上丝帕，在监狱里自杀。推动和完成这些创新的医学科学家的命运精准地例示了何为一将功成万骨枯。

在当代放射影像技术普遍用于医学诊断之前，X 射线的发现和使用背后有着无数从业者的牺牲，闪光的诺贝尔奖遮盖了诸多令人难以下咽的悲惨故事。如今很难想象书中写到的一些令人咋舌的景象：X光机被摆放在百货公司供客人试鞋，人们热衷于拍摄自己手掌的X光片，将其作为时尚的表现，与那些曾经将康德《纯粹理性批判》作为闺房摆设的小姐们相比，这样彰显社会身份的行为显然太过于危险。在铅防护出现之前，早期X射线造成了数以万计的放射科专业人员和患者的健康损失——烧伤、脱发、失去手指……直至死于癌症。其中的一段描写极有画面感："……1920年的一次放射科医生专业会议，许多与会者失去了手和手指，吃晚餐时，鸡肉端上桌，没人有能力切肉。"（《赌命》，第146页）

技术的不确定性让无数人在不知情的情况下承受损失，但如果不确定性是命运的必然，我们该如何应对？有些不确定性仅仅是人为的疏忽，或是充分的信息流通和严格的监管可以减少的风险。比如卡特实验室在制备脊灰疫苗中工艺上的不精，输血时对于血型配对的无知，这些医学史上的认知错误或是疏忽都会对正在考虑是否接种一种全新疫苗的人产生心理上的负面影响。但将不确定性完全消解为程序层面的监管问题则又显得过分相信监管机构的效能和力度。殊不知FDA的监管权力并不总是如想象中那样实在和有效，作为如今大名鼎鼎的监管机构，FDA曾经也有着不为人知的历史，在1937年追查磺胺酏剂的行动中，FDA被形容为"武装之差，好比猎人拿着苍蝇拍追打老虎"。

奥菲特博士敏锐地意识到，科学并不是价值中立的，医学研究和实践同样难逃政治价值和偏好的影响。麻醉剂的选择带有民族主义色彩，心脏移植前期的不成功案例中有不少政治和社会暗示，诸如民众对于移植供者身份——无论是具备特定社会身份的人还是动物——的理解也在一定程度上影响了移植实践。值得注意的是，对于当代中国人而言，即便类似“人面兽心”的伦理考量不适用于心脏移植的案例，动物保护的关涉却是实实在在的。与临床试验相关的一系列风险，除了较多地转移给脆弱人群，也转移给了动物，移植实践开展的岁月也是激进的动物保护组织活跃的年代。在脊髓灰质炎疫苗研发中，动物实验的作用不可小觑，为了能够检查生产出的最终产品是否残留活脊灰病毒，监管机构加大动物实验的疫苗注射量，并给猴子在注射疫苗之前使用免疫系统抑制药。在当今动物伦理的目光下，实验中的动物保护不仅仅是一种形式主义的、程序层面的义务履行，而应是对于动物道德地位的重新审视，这必然会意味着对于动物实验的有效性此类科学问题的再讨论。即便不代入动物伦理的激进视角，一种医学创新在动物实验上的有效性是否能推及其应用于人类的有效性，首先亦是一个更为复杂的科学哲学问题。

《赌命》的前三分之二内容都在讲述19世纪和20世纪医学史上令人心酸甚至久久难以释怀的事件，在最后三分之一则凸显了一线希望。在无数医疗事故和失败的背后也有着治愈的可能，诸如叶酸拮抗剂的发明为白血病儿童带来的生机，基因疗法如CAR-T的颠覆性胜利，可惜“每个医学领域都有它的决定性时刻，这一时刻往往伴随着人类的脸庞”（《赌命》，第179页）。CAR-T疗法的大获成功背后有着无数的失败故事，时机和运气决定了命运的不同，走在最前面的人并不一定获得金钱和名声。

艾米莉·怀特海作为接受 CAR－T 治疗的案例当事人，也无法料到在十二年后的今天，FDA 会再次出台规定声明：所有上市的 CAR－T 疗法都要增加“关于治疗后可能继发 T 淋巴细胞瘤”的内容。一言以蔽之，不确定性才是命运的本质。艾米莉·怀特海并不是第一个接受基因治疗的患者，她只是最早那批当中有幸存活下来的，那些不幸逝去的人只是遭遇了噩运。反过来，这些时运不济的人为医学的进步和人群健康的推进做出了不可估量的贡献，也为生命医学伦理的探讨留下了空间。

在《赌命》中同样可以看到不少鲜活的医学伦理案例，这些案例确立了医学伦理学史上的诸多重要节点，诸如脑死亡标准的划定之于移植实践的重要影响，试验性治疗中患者的入组标准及其利益风险比的权衡。在决策医学创新干预措施的适应人群时，伦理委员会通常倾向于最大程度地在脆弱人群（如儿童、老年人、残障人士等）中降低可能的风险，于是在伦理学家亚瑟·卡普兰（Arthur Caplan）关于不在 OTC 严重缺陷婴儿中测试经改造腺病毒载体的推荐意见中，我们看到，即便从知情同意的规范程序上来看，关于成年人有能力做出知情同意的判断背后仍然有着和不确定性直接相关的考量。换言之，成年人更能就自身利益相关的医疗干预措施做出更为“知情”的同意，这是因为，知情的要义不在于实施一种基于程序主义的保护，而在于确保充分的知情。只有充分的“知情”才能有真正的“同意”，而真正的同意之所以重要，正是因为无法预测的不确定性和无法预判的风险。

尽管不确定性无所不在地影响着医疗决策的各个方面，在当代伦理学中却未受到应有的重视。《赌命》谈及的主要是人类在追求健康过程中遭遇的不确定性，在当代和未来，人类健康的不确定性将会以各种面向显现，例如，意识障碍的复杂性使得识别和区别不同程度的意识状态变得异常困难，一个人处于不同的意识状态中意味着拥有不同质量的精神状态和生活，于是耗尽心力和医疗、社会资源千方百计将患者从植物人或昏迷状态拉回很可能对于患者、家人或社会而言都不是明智的选择。围绕意识障碍的诊断的不确定性同时展开的是伦理的不确定性，而不确定性的伦理学有望为当今生命医学伦理问题的解决或缓解做出更多的贡献。尽管本书呈现了诸多医学风险甚至冒险，奥菲特博士仍是对现实有着清醒认识的理想主义者，他以本书中诸多医疗风险的案例一再提醒读者：没有零风险的选择，而绝望会导致不明智的选择。《赌命》以通俗的语言，向读者讲述了医学史上的重大发明及其令人不安的风险，这些引人入胜的叙事向读者揭示了医学在面对生命和自然复杂性时常有的无力，也显现了人类健康事业中永不放弃的科学求真和人文主义精神。书中写到作为《星际迷航》粉丝的 FDA 下属生物制品评估与研究中心（CBER）负责人彼得·马克斯博士曾将新冠疫苗的制造计划称为“超光速行动”(Warp Speed)，马克斯博士借以彰显他在政治上的雄心和抱负。而同样作为《星际迷航》的粉丝，我最爱的却是剧中人物不断试图平衡理性主义和人文精神的耐心和毅力。在求真的过程中，必须保持谦逊，正如奥菲特博士所言：“大自然不情不愿地慢慢揭

开自己的秘密，揭秘常常以人类的生命为代价。”（《赌命》，第192页）

过去未曾过去，现在生成未来，每一个过去都在每一个当下教导我们如何更好地面对将来。

目　录

引　言
赌　命

我们正在迎来一个神奇的时代：如今我们可以重新编译人体免疫系统，使其攻击癌细胞——诸如脑癌、胰腺癌和肺癌这些长久以来的夺命杀手；我们可以改造动物（比如猪）基因，从而源源不断地提供可用于移植的心脏，免去数千患者的漫长等待；我们已经看到阿尔茨海默病、帕金森病和失智症疫苗的曙光；对所有抗生素都耐药的感染患者现在可以注射灭菌病毒；有了人造血以后，我们不再需要依赖陌生人的血液——陌生来源的血液偶尔会受到已知或未知病毒的污染；我们可以用一种叫做 CRISPR 的基因编辑系统重新设计人类基因，诸如囊性纤维化和镰状细胞病的单基因遗传病将不再可怕。

但是有一个问题，还不是小问题。你将在本书中读到，几乎所有医学突破都伴随着生命的代价。可能有人觉得解决方法很简单，等到新技术过了初期阶段，成熟了再用便是。比如，需要心脏移植的患者大可不必做第一批吃螃蟹的人，可以等到所有问题都解决了再尝试。然而，目前移植等待名单上的4000人里将有大约1300人会在等待中死去。不论选择等待还是选择用猪心做移植，都是一场赌博。

我动笔写这本书时，正值人类历史上一场极为严重的疫情暴发伊始。2019年11月17日，一种全新的蝙蝠冠状病毒在人类中传开。该病毒被命名为严重急性呼吸综合征冠状病毒2（SARS-CoV-2），它所引起的疾病则被称为新冠病毒感染（COVID-19）。病毒出现才一年就有数亿人感染，超过100万人死亡，其中绝大部分死于肺炎，而这仅仅只是开了个头。

虽然这种蝙蝠冠状病毒是全新的，但是人类冠状病毒已经存在了几十年。人类冠状病毒于1960年代初被首度发现，可引起咳嗽、感冒、咽痛和肺炎。在我任职的费城儿童医院，冬季约20%的呼吸道感染由人类冠状病毒引起。然而这次的蝙蝠病毒不一样。

● 新冠病毒可谓养老院“死亡天使”——美国感染致死的养老院老人占新冠病毒感染总死亡人数的40%以上。相较之下，每年死于流感病毒感染的约3万人中，养老院老人的比例不到10%。

● 新冠病毒在夏季肆虐，出乎所有人的预料。人类冠状病毒以及其他经咳嗽和喷嚏飞沫传播的呼吸道病毒（如流感）都只在冬季高发，一到夏天便会消失。

● 新冠病毒导致部分患者失去味觉或嗅觉，持续数周。科学家研究发现，新冠病毒可以通过鼻部神经进入大脑。人类冠状病毒不具备这种能力。没有任何呼吸道病毒具备这种能力。

● 新冠病毒可以引起一种少见的儿童多器官疾病，类似于川崎病——比较罕见，其特征是皮疹、红眼、嘴唇干裂、淋巴结肿大、草莓舌、手脚肿胀、脱皮以及偶发的致命性冠状动脉（向心脏供血的动脉）炎症。新冠病毒还会引起类似于中毒性休克综合征的疾病——听起来有多糟糕，实际就有多糟糕。没有其他病毒会引发此类儿童疾病。

● 新冠病毒可导致血管内壁发炎（血管炎），除了引发肝病和肾病以外，还会增加中风和心脏病发作的风险。更为惊人的是，研究发现新冠病毒并不进入血液，而是诱导人体自身的免疫系统破坏静脉血管和动脉血管内壁细胞。人类冠状病毒完全不具备这种能力。

● 部分感染了新冠病毒并康复的患者，其实对病毒从未有过免疫反应。这意味着新冠病毒可能像艾滋病病毒一样，对免疫系统有抑制作用。这种不寻常的免疫抑制现象多见于男性——男性的新冠病毒感染致死率比女性高出一倍。

新冠病毒出现才一年便有这么多“意料之外”，未来可能还有更多“意料之外”等待着我们。

数十万新冠病毒感染患者生命垂危，所有人都迫切渴望防治的方法。2020 年 4 月，我被美国国立卫生研究院主任弗朗西斯·柯林斯博士选中，加入一个旨在加速新冠疫苗和疗法研发的委员会，我同时是美国食品药品监督管理局（FDA）疫苗咨询委员会的成员。身处这些职位，我得以近距离观察人们如何在面对不确定性时做决定。我想再次强调，没有零风险的选择，而绝望会导致不明智的选择。

2020年4月7日，FDA在药物有效性研究结果缺失的情况下，批准了一种名为羟氯喹的抗疟疾药物用于治疗新冠病毒感染。一部分人，比如时任美国总统，认为至少值得一试，能有什么害处呢？很可惜，但凡有治疗作用的药物都可能伴有副作用。在接下去的几周里，多项研究结果表明，羟氯喹既不能治疗也无法预防新冠病毒感染；更糟糕的是，约10%的用药患者出现了严重的心律失常，有些人差点丢掉性命。两个月后，FDA撤回了该用药建议。羟氯喹闹剧最令人不安的地方在于，这次获批并不是通过FDA的常规审评流程——通常为期约一年，审核细致详尽。相反，它的获批基于一种叫做“紧急使用授权”的机制——速度加快，标准降低。很快，新冠疫苗也将使用这一审批机制。

人们对于新冠病毒感染的最佳治疗方法存在诸多分歧，但是所有人都认同，疫苗是阻断病毒传播的唯一方法，于是便诞生了历史上投入资金最大、倾注专业力量最多的单个医疗产品。世界卫生组织、比尔及梅琳达·盖茨基金会以及美国卫生及公众服务部为此投入了数百亿美元。到2020年底已经有100多家公司在研发新冠疫苗。为了阻断新冠病毒的传播，科学家试遍了每一种曾经采用的疫苗技术路线，还尝试了好几种全新的技术路线。虽然有效性和安全性尚未可知，部分新型疫苗已经通过“超光速行动”实现量产。

换句话说，2020 年底时，这种难以捉摸、难以表征、症状新奇且病理反常到医生都惊讶的蝙蝠冠状病毒，即将在不久后遇上它的对手——多种从未运用于任何其他病毒的疫苗。

本书意在捕捉 2020 年底的社会情绪；因为“超光速行动”“疫苗竞赛”和“疫苗决赛选手”等用语，人们十分害怕疫苗研发走捷径，研发时间被压缩，疫苗安全失去保障。美国有线电视新闻网（CNN）在 2020 年夏天（当时每天有 1000 人死于新冠病毒感染）开展的一项民意调查结果也就丝毫不足为奇。结果显示，哪怕新冠疫苗上市，也只有不到一半的美国民众愿意接种。但是同样，不接种新冠疫苗不代表没有风险；相反，这一选择可能意味着感染、住院、长期残疾甚至死亡的风险。

本书将探讨九大现代医学进步背后的胜利和悲剧故事，它们是：移植、输血、麻醉、生物制品、抗生素、疫苗、X 射线、化疗和基因工程。这些故事无一不向我们传递着深刻的教训——我们是否要接受，以及何时接受新技术。

美国人的寿命在 20 世纪延长了三十岁，大部分正是得益于本书中写到的医学突破。但是很不幸，所有这些突破都伴随着悲剧。倘若我们不吸取过往的惨痛教训，必将重蹈覆辙。

第一部

冒　险

2020年底的局面大致是这样：美国每天有1000人死于新冠病毒感染；好几家公司已经开展了新冠疫苗大规模试验，数万名受试者接种了疫苗或生理盐水（安慰剂），以测试疫苗的有效性和安全性；大多数新冠疫苗的技术路线为首次启用，并不一定意味着这些技术路线是最好的，而是因为它们制作最容易、量产最快。国立卫生研究院国家过敏和传染病研究所所长安东尼·福奇博士预测，至少有一种新冠疫苗将在2020年底前研制成功，最晚2021年初。通常，一款疫苗的研发需要十五到二十年，但是如果福奇预测得正确，新冠疫苗的研发时间将不满一年。美国政府为大型临床试验和大规模量产投入超过200亿美元，基本卸去了制药公司生产疫苗的风险，从而大大缩短了时间。

此外，这些新疫苗也不走FDA的常规审评流程——整套标准流程通常耗时约一年，新疫苗使用的是"紧急使用授权"审评机制，也就是说，疫苗一下生产线就可以马上被注入美国人的手臂。很快，人们将不得不在两种风险之间做出选择：一、感染新冠病毒；二、接种研发、试验和审评流程都不走寻常路的新疫苗。

然而，当权衡左右的美国人回顾历史，却无法从中寻得慰藉。纵观迄今为止研制成功的疫苗，第一代几乎都不是最好最安全的，后来纷纷被更新版取代。例如，1963年上市的脊髓灰质炎减毒活疫苗在2000年被灭活脊灰疫苗取代，因为有明显的证据显示，前者每年导致8到10名美国儿童罹患脊髓灰质炎。1963年上市的首款麻疹疫苗因为高烧和皮疹率高，在1968年被更安全更优质的新款疫苗取代。另一款同样于1963年推出的麻疹疫苗则被撤市，因为它会增加肺炎风险。1969年上市的首款风疹（德国麻疹）疫苗，由于引发手指和手腕等小关节炎症，在1979年被更安全的疫苗取代。1985年上市的B型流感（Hib）细菌疫苗对幼儿不太有效，在1987年被有效性高出许多的另一款疫苗取代。2011年上市的首款带状疱疹疫苗也在2017年被优质得多的新疫苗取代；带状疱疹引起的疼痛使患者变得非常虚弱，疫苗旨在预防这一疾病。

接下来的三个章节将集中探讨心脏移植、输血和麻醉背后有关人的故事，也会在每个部分讨论在技术的不同发展阶段，什么时候值得冒险，什么时候不值得这样做。马后炮固然容易，但是我们从这些故事中总结的教训将为现下面临的相似抉择提供启示。

第一章

路易斯·沃什坎斯基：心脏移植

希腊神话里的奇美拉，头是狮子，身体是山羊，尾巴是一条巨蛇；游荡于克里特岛的米诺陶是半人半牛的牛头怪；半人马则是半人半马。神话故事中由不同动物部位组成的怪兽让我们既着迷又害怕，全球第一例心脏移植则引起了相同的反应——出于相同的原因。

博伊德·拉什状态糟糕。这位六十八岁的聋哑退休室内装潢师多年来独居在密西西比州杰克逊市郊区的月桂拖车公园。高血压使他出现心力衰竭。由于血液循环不畅，他的左腿因坏疽发黑，脸上布满血斑。1964 年 1 月 21 日，拉什因心脏病再次发作被送至密西西比大学医学中心，陷入昏迷，脉搏微弱。医生将呼吸管的一端插入他的气管，另一端连上机械呼吸机。1 月 22 日，住院第二天，拉什接受了左腿截肢手术。（放到现在，博伊德·拉什绝不可能符合心脏移植的条件。）

医学中心的心脏外科医生詹姆斯·哈迪（James Hardy）博士一直在等待这一刻。哈迪是亚拉巴马州纽瓦拉人，毕业于宾夕法尼亚大学医学院，是美国成功移植人肺的第一人。他在200多只实验动物身上实施过心脏移植手术，已经做好准备，进行历史上第一台人类心脏移植手术，但问题出在寻找捐献者。“一开始，”哈迪说，“我们预计可能要等上数月甚至数年，才会出现捐献者和接受者同时死亡的情况。”

哈迪知道医院的重症监护室里有一名外伤患者；他还知道，这名患者虽然已经脑死亡，但是心脏还在跳动。哈迪唯一的选择是移除生命支持设备，等待心脏停止跳动，但是他拒绝这样做，因为这不道德。（四年后，医生才有权关闭被诊断为脑死亡但是仍有心跳的患者的呼吸机。）“既然我们不愿意关闭呼吸机，”哈迪说，“那么结论就是，有可能只能用低等灵长类动物的心脏做移植手术。”哈迪在拉什隔壁的手术室里备好了一只名叫比诺的大体型黑猩猩——当时美国还没有针对猴子和黑猩猩买卖的监管条例。

1964年1月23日，詹姆斯·哈迪将比诺的心脏缝进了博伊德·拉什的胸腔，给予除颤电击后，比诺的心脏重新开始跳动。不幸的是，比诺的体重只有96磅（约44公斤），心脏太小，不足以支持拉什体内如此大量血液的泵血。两小时后，博伊德·拉什去世，去世前没有恢复过意识。

哈迪原本计划在两周后的一次医学会议上把这件事公之于众，但是有25人挤在手术室里想要见证即将到来的历史时刻。

显然，其中有人把消息泄露给了媒体，媒体误将人类接受黑猩猩心脏移植报道成了人类心脏移植，医院不得不发布更正公告，这下全国各地的媒体都原原本本地知道密西西比州杰克逊市的手术室里发生了什么。

1964年2月8日，第六届国际移植大会在纽约市豪华的华尔道夫酒店举行，詹姆斯·哈迪在业界同仁面前讲述了手术全过程。“感觉就像我最近刚有亲人过世，”哈迪回忆道，“我说完以后完全没有掌声，真是令人沮丧的一天。”

参加那场大会的还有诺曼·舒姆威（Norman Shumway）博士，也就是后来被称作“心脏移植之父”的外科医生。舒姆威呼吁克制，他认为，外科医生需要改善供体心脏的保存，最重要的是研究清楚如何避免受体免疫系统排斥供体心脏。对于如何看待哈迪使用黑猩猩心脏的问题，舒姆威给出了机智的回答。“也许心脏外科医生应该先停一停，”他说，“给社会一点时间，适应神话中奇美拉的复活。”

尽管诺曼·舒姆威发出了警告，1964年至1977年间，仍然有至少4人接受了绵羊心脏、狒狒心脏或黑猩猩心脏移植，并且都在手术几天后死亡。1980年代——距离第一例成功的人类心脏移植手术近二十年后，在南加州某小医院里进行的一场手术为人体移植动物器官画上了句号。

1984年10月26日清晨，洛马琳达大学医学中心的伦纳德·贝利博士将一颗小狒狒心脏移植给十二天大、有严重心脏缺陷的女婴斯蒂芬妮·费·博克莱尔——公众称她为“费宝宝”。贝利有着给新生山羊移植绵羊心脏的丰富经验，处理起小心脏来得心应手。手术成功了，上午 11 点 35 分，新心脏开始在费宝宝小小的身体里快速跳动。狒狒的心脏只有核桃般大小，但是可以为斯蒂芬妮的身体提供维持生命所需的含氧血液，这是她功能异常的心脏无法做到的。

1984 年 11 月 15 日，移植后第二十天，斯蒂芬妮·博克莱尔去世。贝利原本指望女婴的免疫系统尚未成熟，也许还无法识别出狒狒心脏是外来异物，也就不会排斥它。结果并非如此，她的身体产生了白细胞，确切来说是淋巴细胞，攻击并摧毁了心脏，导致死亡。外科医生对人体移植动物器官的最后一丝希望随着费宝宝的去世而破灭。

动物权利活动家把矛头指向伦纳德·贝利。“我的家人遭受了巨大的痛苦，”他回忆道，“我们别无选择，只得让警察住在家里，整整一年多，我们家的私人邮件都是警察打开的。我但凡在公共场合露面，衣服里必须穿好防弹背心。”虽然洛马琳达大学医学中心伦理委员会批准贝利使用狒狒心脏再做 4 次移植，医学中心里也养着 7 只狒狒，但是他再也没有做过移植手术。

费宝宝实验成为一个文化符号。十年后，1993 年动画片《辛普森一家》有一集叫《我爱丽莎》，其中一段剧情是学校食堂供应牛心庆祝情人节。巴特拿起一只牛心放到衬衫下面说道：“我的狒狒心！我在排斥它。”说完便把牛心扔回桌上。保罗·西蒙的专辑《雅园》里有一首歌名叫《泡泡里的男孩》，其中有这么一句歌词：“神奇的医学，艺术般神奇/想想那泡泡里的男孩/和有着狒狒心的宝宝。”

1964年詹姆斯·哈迪在纽约第六届国际移植大会上发言时，心脏成功移植面临的三大挑战中有两项已经得到解决，还剩一项挑战未能彻底解决。

挑战一，外科医生必须确保，从摘除到移植之间大约一小时的间隔时间内，供体心脏状态良好。1952年，费城哈内曼大学医院的研究人员发现，大幅降低狗的体温后再将狗杀死，心脏便能完好无损。在此之后，移植前给供体和受体降温成为标准流程。

挑战二，外科医生必须找到将新心脏与受体大血管连接的最佳方法。1960年，斯坦福大学的诺曼·舒姆威和理查德·洛尔(Richard Lower) 解决了这一问题。

挑战三，外科医生必须找到方法防止受体排斥新心脏。外科医生给实验动物做心脏移植做了几十年以后开始做人体心脏移植。舒姆威和洛尔是其中最成功的两人。他们首度证明接受移植的狗可以正常存活一年，但是很不幸，尽管手术成功，所有的狗心脏移植案例，最终都是同一个结局——狗的免疫系统排斥新心脏。“如果可以防止受体免疫机制破坏移植器官，”舒姆威在1960年说道，“那么很有可能（心脏）可以继续正常工作，让动物活到正常寿命。”科学家和外科医生必须找到更好的方法防止免疫排斥反应。几年后，首例人类心脏移植手术获得成功，但是医生们真正解决受体排异问题又花去了二十年。

舒姆威的观点并不新鲜，外科医生努力克服移植排异问题已经有大约四百年的历史。16 世纪，一位名叫加斯帕雷・塔利亚科齐的意大利外科医生发现，在同一个人身上把某一部位的皮肤移植到另一个部位，新皮肤生长一切正常，整个移植过程轻而易举；但是，如果把某个人的皮肤移植给另一个人，新皮肤就会变灰、萎缩，继而坏死。

1930 年代，里奥・勒布用啮齿动物做实验时发现，只要基因相同，不同动物间的皮肤移植就能成功，但是如果它们的基因不同，移植物就会被排斥，而且基因的差异越大，排斥反应越强烈。勒布推断，如果供体器官来自同卵双胞胎，人体移植可能可以成功。如他所料，1954 年 12 月 23 日，罗纳德・赫里克给他的孪生兄弟理查德捐献了一只肾脏，人体肾脏移植手术首次成功。但是大多数人没有同卵双胞胎，因此，防止身体排斥移植器官的唯一方法是使用免疫系统抑制药物。

1955 年，第一种免疫抑制药物泼尼松上市；1963 年，第二种药物硫唑嘌呤上市（其发明者因此获得诺贝尔奖）。这两种药物都能降低心脏移植患者排斥反应发生的概率，但是不能完全消除排斥反应，而且药物削弱了人体抵抗感染的能力，这在意料之中。因此，心脏移植外科医生总是需要竭力保持平衡，一边是防止致命的排斥反应，另一边是可能引发致命的感染。这般操作好比走钢丝，其中的艰难，第一台人体移植人类心脏手术最能说明。因为这台手术，主刀外科医生在之后许多年都是全世界最著名的医生；但也是因为这台手术，后来他饱受非议。

克里斯蒂安·巴纳德（Christiaan Barnard）出生于南非西博福特，西博福特地处广袤的大卡鲁地区，是南非的沙漠中心地带。克里斯蒂安的父亲是个贫穷的荷兰归正会牧师，是母亲不断教导他和兄弟们，只要足够努力就能做成任何事情。童年时，克里斯蒂安创造过赤脚跑1英里（约1600米）的纪录，穿着用纸板补洞的运动鞋赢得过学校网球比赛冠军，这个农村男孩借着火光以全班第一名的成绩完成了学业。1945年，巴纳德从开普敦大学毕业，获得奖学金，前往明尼苏达大学深造，在那里，他开始着迷于心脏移植。（很巧，和巴纳德同龄的诺曼·舒姆威同期也在明尼苏达大学受训。）回到南非后，巴纳德被任命为开普敦格鲁特舒尔医院实验外科主任，后来他带领建立了南非第一个重症监护室。1967年，巴纳德在弗吉尼亚医学院待了三个月，进一步学习器官移植。回国后，他成为南非肾脏移植手术第一人。

巴纳德此人是个矛盾综合体。在南非种族隔离期间，他无视种族隔离法，允许手术室的混血护士治疗白人患者，但是他又常常对员工十分蛮横。巴纳德的一位同事形容他“以自我为中心、勤奋、聪明、雄心勃勃、盛气凌人，还有点傲慢”。“我是一个非常自我的人，”巴纳德曾经在采访中说，“我的自我必须得到满足，否则我会痛苦，不快乐。”

1967年12月，克里斯蒂安·巴纳德得偿所愿——他的自我将充分得到满足，而后将他摧毁。

路易斯·沃什坎斯基（Louis Washkansky）五十四岁，是出生于立陶宛的犹太裔杂货商。二十八岁时，身患糖尿病的老烟枪沃什坎斯基第一次心脏病发作；三十八岁，第二次；四十三岁，第三次。每次心脏病发作都使他的心脏严重受损，到最后，心脏变得像一只畸形软塌的气球，微微颤动着。心力衰竭致使沃什坎斯基腿部大量积液，必须定期排出；他稍微用点力就会上气不接下气。“我知道，只要我一合眼，”他的妻子安妮说，“他深深地呼吸一次，就会断气。”左心室承担着向全身泵送富氧血液的功能，沃什坎斯基三分之二的左心室基本坏死，为心脏供血的两条动脉也几乎完全堵塞。沃什坎斯基的主治医生巴里·卡普兰说，这是他见过的最大的心脏。

1967 年 9 月 14 日，呼吸困难、濒临死亡的路易斯·沃什坎斯基被送至开普敦格鲁特舒尔医院，一个月后出现肾衰竭和肝衰竭。照顾他的护士说：“他呼吸极度困难，翻个身都喘得不行，完全无法自理；皮肤发青，整个身子是肿的，双腿需要不断排出积液。他病得很重，真的病得很重很重。”克里斯蒂安·巴纳德看到沃什坎斯基的心脏 X 光片，不敢相信这个人的心脏肿大成这样，居然还能活着。

巴纳德找到了他的移植候选人，剩下的就是寻找捐献者。

丹妮丝·安·杜瓦尔二十五岁，在银行工作，和父亲爱德华还有母亲默特尔住在一起。1967 年 12 月 2 日，丹妮丝和父母还有弟弟基思一起，开着她的新车去拜访朋友。他们先去了伦施镇面包房。“我妻子想给朋友们买个蛋糕，”爱德华回忆道，“我们就去了盐河的这家面包店，车子停在面包房马路对面。”下午3点35分，丹妮丝和妈妈拿着蛋糕走出面包店。不幸的是，一辆停在面包店前的大卡车挡住了她们的视线，两人从卡车后面走出来过马路，没有看到飞驰而来的白色轿车——司机叫弗雷德里克·普林斯，他喝了酒。“我们先是听到一声闷响，紧接着是‘砰’的一声和轮胎急刹车发出的刺耳声响。”爱德华说。基思回头看发生了什么事。“爸爸！”他大叫，“妈妈和丹妮丝被撞了！”两位女士被撞飞到马路对面。五十二岁的默特尔当场被撞身亡。丹妮丝的头部严重受伤，鼻子、耳朵和嘴巴都在流血，但是医生赶到时，她还有呼吸，心脏还在跳动。

巧的是，事故发生时，安妮·沃什坎斯基和她的妯娌格蕾丝正驱车驶出医院停车场，准备回家。她们看到一群人聚集在面包店前的马路上，安妮放慢了车速。“天呐，”她说，“出车祸了。有个女人躺在路上。”“是两个女人。”格蕾丝说。

丹妮丝立即被送往格鲁特舒尔医院，经检查发现颅骨多处严重骨折，瞳孔扩大，没有光反射，是脑死亡的迹象。脑电图（EEG）检测不到大脑活动。南非当年还没有定义脑死亡的法律，每家医院各行其道。“我们的（医院）律师说，只需有两名医生宣布某人死亡，且其中一人的行医资格满五年，”巴纳德说，“患者就可以成为捐献者。至于医生使用什么标准，他们没说，这部分的医学判断留给了医生。”

巴纳德征求爱德华·杜瓦尔的同意，取出他女儿的心脏。

"如果你救不了我女儿，"杜瓦尔说，"那你一定要救活那个病人。"巴纳德随后和安妮以及路易斯·沃什坎斯基进行了沟通。"没什么好考虑的，"路易斯说，"我想尽快试一试。"巴纳德回忆那一刻："垂死之人做这个（接受心脏移植）决定并不困难，因为他知道自己已经到了绝境。如果一头狮子追着你，把你逼到河边，河里全是鳄鱼，你会抱着自己可以游到河对岸的信念跳进水里，但是如果没有狮子在后面追，任谁都不肯冒这个险。"

路易斯·沃什坎斯基把克里斯蒂安·巴纳德当成偶像，称他"有一双金手"，但是安妮不信任巴纳德。她询问巴纳德手术风险，得到的回答是她的丈夫有80%的生存率。安妮想不通，既然巴纳德以前没有做过这种手术，也没有任何其他人做过，他怎么知道生存率有多少。

1967年12月3日凌晨00点50分，路易斯·沃什坎斯基和丹妮丝·杜瓦尔被分别推进两间相邻的手术室。"我想回头，但是没有回头路，"巴纳德说，"他们两个的心脏还在跳动，但是都跳不了多久。到了这个关头，我们唯一能做的就是切下他们两个的心脏，把其中一颗心脏——女孩的心脏——放进路易斯的空胸腔，否则他绝对不可能活着出手术室。"

首先，巴纳德关闭了丹妮丝的机械呼吸机，巴纳德同为心脏外科医生的弟弟马吕斯站在他身旁。"我们等待着，"巴纳德说，"心脏继续奋力跳动了五分钟、十分钟、十五分钟……直到最后，屏幕上出现代表死亡的绿色直线。'现在开始？'马吕斯问我。'不，'我说，'要确保没有复跳。'"从他的叙述来看，巴纳德不想事后给任何人机会指责他杀死了丹妮丝，这确实很快成为美国心脏外科医生面临的问题。但是那天早上手术室里真正的经过其实和巴纳德讲述的版本有所出入。四十年后，克里斯蒂安·巴纳德已经去世，马吕斯透露，他的哥哥其实在撤下丹妮丝的生命支持后，立刻给她注射了一种钾溶液使心脏停跳。丹妮丝的心脏一直靠呼吸机供氧，巴纳德不想心脏因为缺氧受损，所以强行加速了进程。

巴纳德在马吕斯的帮助下打开丹妮丝的胸腔，取出心脏，冷却到50华氏度（即10摄氏度），然后在凌晨2点20分打开了路易斯·沃什坎斯基的胸腔。巴纳德手捧丹妮丝较小的心脏，说："我盯着它看了一会儿，心想这能成吗？它看起来那么小，那么不起眼，这么小小一颗，怎么承担如此庞大的功能，而且沃什坎斯基的心脏（取出后在他的胸腔里）留下了一个两倍于正常大小的空腔。这颗小小的心脏孤零零地躺在那么大的空间里，看起来实在太小了，而且好孤独。"巴纳德运用斯坦福大学诺曼·舒姆威和理查德·洛尔开发的技术，将丹妮丝的心脏缝合进沃什坎斯基的胸腔。起初，心脏毫无反应，于是巴纳德为沃什坎斯基的新心脏给予电击除颤。"心脏一动不动，没有任何生命迹象，"巴纳德说，"我们等了好几个小时，最后一点一点地，心脏终于跳出了美妙的生命节奏。"手术时间来到五小时，克里斯蒂安·巴纳德终于喘了一口气。"Dit werk，"他用南非语对马吕斯说，"成功了。"巴纳德紧接着给沃什坎斯基使用了免疫系统抑制药物，希望尽可能久地防止排斥反应。

早晨5点43分，沃什坎斯基被推回自己的病房，早晨9点，他醒了。“你们答应给我换一颗心脏，”他和护士说，“看来你们做到了。”沃什坎斯基的恢复情况近乎奇迹。“他所有的心衰迹象几乎都消失了，真是惊人。”巴纳德说，“双腿肿胀消失，肝脏肿胀消失，肺积水消失，整个人的精神状态也很不错，所以一开始我们都很乐观。”

路易斯·沃什坎斯基成为第一位术后恢复意识的心脏移植接受者，立刻名扬天下。内阁部长、摄影师、记者和各大广播公司代表涌入他的病房。有一次采访让人心里特别不是滋味：英国广播公司（BBC）记者通过电话采访沃什坎斯基，问他作为犹太人，移植异教徒的心脏是什么感受。“这，我从来没有这么去想，”他回答，“我不知道……”一位在场的医生博西·博斯曼博士掐断与伦敦的通话，愤怒地朝BBC现场技术人员吼道：“你的公司问出这么愚蠢的问题，作为员工，你是什么感受？”

1967年12月15日，手术两周后，沃什坎斯基病情恶化，肺部积水严重，呼吸困难。巴纳德判断，肺积水有两种致因：排斥反应引起的心衰，或是细菌性肺炎。巴纳德选择前者，大幅度增加了免疫抑制药物的用量。很不幸，他选错了。12月21日，全球首台人类心脏移植手术十八天后，路易斯·沃什坎斯基去世。尸检结果显示，仅有很轻微的排斥反应症状，而肺部充满细菌。身患严重细菌性肺炎的患者，免疫系统正在奋战，此时抑制他的免疫系统是巴纳德能做的所有选择中最差的一种。“本来我女儿至少还有一部分活着，”爱德华·杜瓦尔哀叹，“但是现在她彻底不在了。”

全世界的心脏外科医生都很惊讶，克里斯蒂安·巴纳德，默默无闻，来自一个刚刚建立重症监护室的国家，竟然成为历史上第一位移植人类心脏的外科医生，享有盛名。所有人都觉得，接受鲜花和掌声的会是诺曼·舒姆威。“舒姆威一切都按照规章流程进行，”詹姆斯·哈迪说，“结果青史留名却被人抢了先。”

巴纳德成了国际名人。这位外科医生给沃什坎斯基动完手术不到两周，便登上了《时代》周刊《生活》和《新闻周刊》杂志的封面，但是他对移植结果不满意，患者才多活了十八天，他想证明自己可以做得更好。一个月后，他的第二次机会来临。

维尔瓦·施莱尔博士是格鲁特舒尔医院的时任心脏科主任。巴纳德告诉他可以用丹妮丝·杜瓦尔的心脏进行移植时，施莱尔问了一个问题：“她是有色人种吗？”这场移植手术发生在1967年，而南非的种族隔离制度直到1990年才结束。大多数南非白人和克里斯蒂安·巴纳德一样是荷兰裔，被统称为“南非白人”（又称“阿非利卡人”）。占南非人口多数的黑人和混血儿则被称为“有色人种”。种族隔离实行期间，白人和有色人种的住房、就业及公共服务一律分开。此外，《群体区域法》禁止黑人挨着白人坐在公园长椅上。在医疗领域，种族隔离要求两个群体的病房、救护车及输血完全分开。南非黑人或混血儿绝不可能给南非白人输血。

原本有一名“有色人种”男性比丹妮丝·杜瓦尔早两周去世，但是施莱尔不允许巴纳德将那名男子的心脏移植给路易斯·

沃什坎斯基。施莱尔这么做倒不是因为种族隔离法，而是顾虑国际社会对种族隔离的看法。“施莱尔教授和我决定，第一例心脏移植的接受者和捐献者必须都是南非白人，”巴纳德说，“不是怕过不去政府那关，而是怕如果接受者和捐献者有任何一方是黑人，我们会被谴责用黑人患者做实验。”

不过巴纳德的第二次移植手术没有受此困扰。菲利普·布莱伯格是一名五十九岁的退休牙医，患有心力衰竭。“他喘不过气来，”布莱伯格的女性亲属说，“他一直罩在氧气帐篷里，没有任何活下去的希望，只能过一天算一天。如果不采取什么大动作，他根本挨不过一星期。移植来得正是时候。”捐献心脏的是一位名叫克莱夫·豪普特的二十四岁南非混血儿，他在沙滩上死于动脉瘤破裂导致的大面积脑出血。在此之前，豪普特的身体一直非常健康。

1968 年 1 月 2 日，星期二早晨，格鲁特舒尔医院病理学家签发了克莱夫·豪普特的死亡证明。豪普特的母亲同意移植，她的想法和爱德华·杜瓦尔一致。“如果能挽救另一个人的生命，”她说，“那就把我儿子的心脏拿去用吧。”有意思的是，菲利普·布莱伯格和路易斯·沃什坎斯基都不是荷兰裔，而是犹太人，也就没有南非白人抱有的种族偏见。

根据种族隔离法，克莱夫·豪普特永远不能进入南非医院的白人病房，但是他的心脏却可以，媒体没有放过这其中的反讽。英国日报《卫报》写道：“《群体区域法》中并无允许黑人心脏在白人社区跳动的规定。毫无疑问，豪普特先生在死后犯了罪。”

多年后，克里斯蒂安·巴纳德将一位白人女性的心脏移植给了黑人男性。

接受手术后，菲利普·布莱伯格活了十九个月。他把自己原本的心脏保存在罐子里，一有人问起就自豪地拿出来展示。后来他写了一本书，书名叫《看着我的心》。

全球首例儿童心脏移植手术也是美国历史上首例人类心脏移植手术。主刀医生阿德里安·坎特罗维茨博士来自纽约布鲁克林迈蒙尼德医疗中心，为了解决脑死亡问题，他选择没有大脑（无脑儿）的捐献者。美国每 1 万名新生儿中约有 1 例无脑儿，大多在出生时夭折，有些无脑儿可以存活几天或一周，这已是极限。大脑缺失是致命的病症。

杰米·斯库德罗出生于 1967 年 11 月 18 日，患有先天心脏缺陷，血液无法流向肺部获取氧气，因此她出生时皮肤青紫。1967 年 12 月 6 日，克里斯蒂安·巴纳德将丹妮丝·杜瓦尔的心脏移植给路易斯·沃什坎斯基三天后，一个名叫拉尔夫·森茨的无脑儿从俄勒冈州波特兰飞抵布鲁克林，他将为杰米捐献心脏。早晨 5 点 20 分，坎特罗维茨完成了手术。“这么多年过去了，依然历历在目，”他回忆道，“那个画面永生难忘。我们取出了缺陷心脏，必须迅速用新心脏填补老心脏留下的大洞。难怪别人吓死了，难怪别人觉得我们疯了。”杰米只有三周大，坎特罗维茨指望她尚不成熟的免疫系统不会排斥新心脏。他认为手术可以让杰米多活几年，最少也能多活几个月。

然而杰米·斯库德罗只活了七小时就去世了。坎特罗维茨没有宣称手术成功。“我觉得你们肯定清楚，”他告诉记者，“也应该向你们的读者、听众、观众清楚地传达……这台手术彻底地失败了。”

1968 年，全球进行了 100 多例心脏移植手术，尽管早期有多例死亡，这一年仍被称为“心脏移植之年”。

到这个阶段，是否接受心脏移植的决定已经相当好做。如果不做移植，所有的早期移植接受者全都活不过几周。他们没有拿自己的生命赌博，因为他们的生命已经走到了尽头。

诺曼·舒姆威和理查德·洛尔在斯坦福大学（位于加利福尼亚州帕洛阿尔托）的合作，是现代医学史上意义极为重大的联手。两人都来自密歇根。洛尔毕业于康奈尔医学院，1958 年搬到帕洛阿尔托。舒姆威毕业于范德堡大学，获得医学学位，在明尼苏达大学接受一段时间的外科实习后，加入美国空军在朝鲜战争中服役两年，服役结束后回到明尼苏达完成了培训。在那里，他第一次遇到克里斯蒂安·巴纳德。两人从未成为朋友。“舒姆威是天生的外科医生，”一位传记作家回忆道，

> “他永远那么沉着冷静，哪怕是在最黑暗最艰难的境况下也能保持幽默感，与巴纳德形成了鲜明对比。巴纳德的性格令人不悦，他目标明确，在许多方面具有悲剧色彩。他对待周围人的态度十分糟糕，常常将错误和坏结果归咎于他

人。前同事们认可巴纳德的才华和毅力，但是觉得他很讨厌，看不起别人，而且有点虚伪。再者，巴纳德没有舒姆威的天赋，他有些笨手笨脚，手术途中出现问题便会焦躁紧张。巴纳德患有类风湿关节炎，一直忍受着双手疼痛和颤抖之苦。”

诺曼·舒姆威和理查德·洛尔在1950年代末至1960年代初联合开发的技术成为日后心脏移植的黄金标准。他俩率先证明，当给予适度的免疫抑制，（接受移植的）狗可以存活一年以上。他们还率先熟练掌握了降低供体和受体动物体温的技术。到1960年代中期，舒姆威和洛尔已经成功实施了300多例狗移植手术，比克里斯蒂安·巴纳德多250例；而且他们的狗可以活一年多，巴纳德的狗通常在术后十天内死亡。

1968年1月6日，巴纳德完成全球第一例和第三例人体心脏移植手术五周后，诺曼·舒姆威实施了全球第四例人体心脏移植手术。移植接受者是迈克尔·卡斯帕雷克，一名五十四岁的钢铁工人，病毒感染导致他的心脏机能衰弱。捐献者是一位名叫弗吉尼亚·怀特的四十三岁女士，她和克莱夫·豪普特一样死于脑部大出血。手术持续了五个小时。十五天后，迈克尔·卡斯帕雷克去世，死因并非严重感染或排斥反应，而是胃溃疡出血。四十年后，诺曼·舒姆威就没能成为人体心脏移植第一人做出了谨慎回应。“关于成为第一人，人们是怎么说的来着？”舒姆威回忆道，“我们都知道第一个到达北极和南极或是在月球上迈出第一步的人；第二人、第三人，只是大家记不住名字罢了。‘成为第一人’的一整套效果我都明白。”

最后，在两人之间的这场赛跑里，克里斯蒂安·巴纳德成了兔子，诺曼·舒姆威则成了乌龟。

巴纳德能成为人体心脏移植手术第一人，并不是因为他的技术最精湛或经验最丰富；他成为第一人，是因为在他生活的国家，只需要两位医生的判定即可确诊脑死亡，而在美国，脑死亡的概念直到1968年底才有正式定义并被接受，到1981年才正式入法。在此之前，死亡的定义就是心脏停跳，即诺曼·舒姆威口中的“童子军定义”。地方检察官威胁逮捕任何胆敢从心脏仍在跳动的脑死亡患者身上摘取器官的外科医生。

最终，脑死亡的定义由哈佛大学的伦理学家小组一锤定音，而就在几个月前，现就职于弗吉尼亚医学院的理查德·洛尔卷入了一场诉讼——因为那场诉讼，心脏移植手术差点在美国被禁至少十年。

1968年5月24日，五十三岁的非裔美国人布鲁斯·塔克摔了一跤，头部撞击水泥地。他是弗吉尼亚州里士满一家鸡蛋包装厂的工人，跌倒当晚正和朋友一起喝酒。塔克被送到弗吉尼亚医学院时，脑电图已经检测不到大脑活动，他的病历上写着：“预后很糟糕，康复机会为零，即将死去。”

四十八岁的小约瑟夫·克莱特需要心脏移植。洛尔拜托里士满警察局寻找布鲁斯·塔克的近亲，以获得家属移植许可，然而警方一无所获。根据法律规定，无人认领的尸体可被用作医学目的，因此5月25日下午2点30分，心脏仍在跳动的塔克被撤下机械呼吸机，然后洛尔取出他的心脏，移植给了小约瑟夫·克莱特。一周后，克莱特死于严重的排斥反应。但是实际上，塔克有一个姐妹和两个兄弟就住在里士满，其中一个兄弟工作的修鞋店距离医院只有15个街区，真是想不通，警方为什么一个亲戚都找不到。

塔克的兄弟格罗弗前往殡仪馆告别遗体，一个在那里工作的男孩对他说："你知道医生把你兄弟的心脏拿走了吗?""这，非常令人震惊，"格罗弗回忆道，"未经我们允许拿走了他的心脏。"

1972年，塔克去世四年后，他的家人起诉弗吉尼亚医学院和理查德·洛尔，索赔10万美元。道格拉斯·怀尔德担任他们的律师，后来他成为弗吉尼亚州历史上第一位非裔州长。怀尔德认为，撤掉布鲁斯的呼吸机并不是为了结束他的痛苦，而是因为他"不幸地在有人需要心脏的时候进了医院"。伦理学家约瑟夫·弗莱彻出庭作证。"当（大脑）功能丧失，"弗莱彻说，"剩下的充其量只是生物现象。哪怕躯体还在，哪怕一些重要功能还维持着，病人其实已经死亡，也许理论上还算'活着'，但是他已经不能算真正意义上的人。"

七人陪审团审议一个多小时后作出了无罪判决。"我认为这个（判决）很重要，"洛尔说，"要是法院裁定我们必须遵循死亡最初的定义，那我觉得几乎不会有外科医生愿意摘取仍在跳动的心脏做移植。病人将死去，进展将停滞。而有了这个判决，移植可以继续进行。”如此一来，脑死亡有了判决先例。

两年后，脑死亡的概念又一次被搬上公堂。1973 年，诺曼·舒姆威取出一名枪击受害者的心脏用作移植。在法庭上，袭击者的辩护律师称舒姆威才是凶手，因为是舒姆威而非枪手，撤下了脑死亡受害者的呼吸机。最终，舒姆威被判无罪，枪手被判处过失杀人罪。

1968 年 1 月，克里斯蒂安·巴纳德实施全球第一例心脏移植手术一个月后，哈佛大学麻醉学家亨利·比彻找到哈佛医学院院长。不久前，比彻就他观察到的不道德人体医学研究撰写了一篇揭露报告。院长任命他领导委员会“研究不可逆昏迷的定义”。委员会于 1968 年 7 月 27 日公布研究结果，认定脑死亡需要具备三大条件：（一）深昏迷；（二）离开机械呼吸机无自主呼吸；（三）特定反射消失，例如瞳孔对光无收缩反应，压舌板按压后咽部无呕吐反应，棉签触碰角膜无眨眼反应，受到疼痛刺激无刺痛反应。患者不再需要满足诺曼·舒姆威提到的“童子军死亡定义”。脑死亡有了明确定义，美国外科医生摘取跳动的心脏时不必担心因过失致人死亡罪被起诉。

天主教会对脑死亡的定义也表示支持。教皇庇护十二世在题为“生命之延长”的演讲中指出，一个意识完全丧失、依靠人工手段维持生命机能的人，“其灵魂可能已经离开肉体”。教皇同时认为，死亡只能由医生判定，此事“不在教会的权限范围之内”。

脑死亡的定义一经明确，心脏移植狂热开始在全球蔓延。

1968 年，各家医院争相设立心脏移植科。1968 年至 1970 年间，17 个国家的 52 个移植中心开展了 166 例移植手术。阿根廷、澳大利亚、巴西、加拿大、智利、捷克斯洛伐克、英国、法国、德国、印度、波兰、南非、西班牙、瑞士、土耳其、美国和委内瑞拉纷纷组建心脏移植团队。如此一来，各个中心都可以宣称自己站在了现代医学的前沿，但是结果却令人堪忧。到最后，移植手术和移植中心的数量逐年减少：

● 1968 年，全球进行了 102 例移植手术。一半患者在一个月内死亡，仅有 10％的患者存活超过两年。生存期以小时和天计算，而不是年和几十年。媒体口中的“开普敦奇迹”逐渐黯淡。

● 1969 年，全球进行了 48 例移植手术。存活超过一个月的患者约占四分之一，两年后还活着的患者仅剩 6％。

● 1970 年，全球仅进行了 16 例移植手术。存活超过一个月的患者约为 10％，两年后还活着的患者仅剩 3％。移植中心的数量从 52 个减少到 10 个。1970 年 12 月，美国心脏协会统计发现，截至当时接受过移植手术的 166 名患者中，依然在世的仅剩 23 人。

● 1971 年，全球仅进行了 17 例移植手术。有医学报告发问：“心脏移植究竟怎么了?”1971 年 9 月 17 日的《生活》杂志封面题为“心脏移植惨史”，封面照为 6 名移植患者——他们在留影后八个月内全部死亡。

到了这个阶段，不考虑大量的移植案例和移植中心，是否要做心脏移植的结论并没有太大变化。对于预计只剩几天或几周可活的患者来说，值得放手一搏，但是对于理性预期还有几年可活的患者，心脏移植可能只会缩短他们的寿命。公开的死亡率数据有助于人们做出明智的决定。

1960年代末和1970年代初接受心脏移植的患者本就命不久矣，因此他们糟糕的生存率恐怕称不上悲剧。人们在这一时期学到了很多东西。最重要的是，外科医生意识到，移植成功的终极要素是找到预防排斥反应的方法，因为排斥反应是移植后最常见的死因。在更先进的排斥反应诊断及治疗方法问世之前，心脏移植狂热只得消退，事实也的确如此。还有一些早期成功案例为人们带来了希望，比如心脏移植术后活了十三年的多萝西·菲舍尔和活了二十三年的德克·范·齐尔。

没有人比诺曼·舒姆威更努力地解决排斥反应问题。1971年，舒姆威和斯坦福团队发表了他们积累的26例移植数据：42%的患者生存期长于六个月，37%长于十八个月，26%长于两年；这一数据明显好于其他医疗机构。舒姆威依靠观察患者心电图（EKG）上细微的心跳变化以及检测血液中是否含有心肌酶（心脏损伤的标志），尽早发现排斥迹象，这使得他能够在正确的时机使用正确的免疫抑制药物组合。不过舒姆威的移植成功率是在他招募到北爱尔兰年轻外科医生菲利普·凯夫斯之后才有了显著提升。

凯夫斯来到北加州后，前几个月都没有怎么进过手术室，而是花大把时间泡在斯坦福大学图书馆，这大大出乎舒姆威的意料。凯夫斯有一个想法。他提出，要确定移植后的心脏是否出现排斥反应，最好的方法是对心脏进行活检。如果活检结果显示轻度白细胞浸润，则说明早期排斥迹象已经出现——此时患者的心脏尚未开始衰竭，心电图没有起变化，心肌酶也还没有释放入血。难就难在，需要找到一种不会对患者造成伤害的心脏活检方法。

1973年，凯夫斯与一位名叫维尔纳·舒尔茨的乐器制造商合作，发明了活检钳——由一根细细的琴钢丝和末端的小钳子组成。外科医生可以将这根钢丝穿入颈内静脉，夹取一块极小的心内膜心肌，然后在显微镜下检查。凯夫斯又与病理学家玛格丽特·比林厄姆合作，建立了一套标准评分系统，以判断早期排斥反应的发生。患者存活率得以飙升。截至1970年代末，在斯坦福接受移植的7名青少年中，有4名存活已超过十年。

但是，心脏移植领域还缺一项突破。

1969年，瑞士制药公司山德士的一名员工在挪威南部的山区度假。他知道公司有意探寻一种新的抗生素，他还知道，土壤是最有可能发现抗生素的地方。土壤中的细菌和真菌为了争夺养分互相灭杀，这类被称为抗生素、具有杀灭作用的物质能够帮助微生物生存。这位山德士员工装了一小塑料袋土壤带回实验室，结果从中发现一种真菌，并生成了一种物质，代号24－556。让山德士研究团队失望的是，24－556对所有测试细菌均无杀灭作用。显然，它无望成为下一个重磅抗生素，但是该药却具备一种出乎他们意料的特性。

1977年，一位名叫让-弗朗索瓦·博雷尔的比利时医生发现，24-556能够抑制小鼠和兔子的免疫系统，而且与现有免疫抑制药物（如泼尼松和硫唑嘌呤）不同，24-556不会全面抑制免疫系统，而是选择性地抑制排斥移植物的特定免疫细胞。山德士研究团队发现，做过肾脏移植的兔子使用这种药物（现称环孢素）后，几乎可以一直存活；给猪做心脏移植的结果相同。看来环孢素能够显著减少排斥反应。到1983年，该药已在全球范围内用于心脏移植手术。移植总数从1982年的182例飙升至20世纪末的9200多例。现代心脏移植的时代由此开启。

随着捐献者招募的改善、手术技术的精进、器官保存的突破、排斥反应早期识别的进步，再加上更优质免疫抑制药物的研发，心脏移植患者的寿命不断延长。然而在这一切发展进程中，某人的名字却缺席了：他是全球著名医学事件的核心人物，短短一周内便享誉全球——这个人就是克里斯蒂安·巴纳德。

发生了什么？

1968年12月3日清晨，巴纳德走出手术室。几天后，媒体向他蜂拥而来。哥伦比亚广播公司（CBS）邀请他做客一小时特别版《面对国家》，超过2000万美国观众收看了这集节目。节目录制完成后，巴纳德前往得克萨斯州，在林登·约翰逊总统的农场与总统会面。数千人等候在机场请他签名。巴纳德如同政治家一般，亲吻递到他手中的婴儿，还被盛赞为未来的诺贝尔奖得主。有记者评论巴纳德“从伟大的科学家跌份成青少年流行偶像”。巴纳德对此颇为自豪，此时他已经聘请了自己的宣传负责人。“我不觉得当偶像有什么不好，”他说，“不是流行歌星、演员、运动员或拳击手，而是科学家成为偶像，这大概是历史上头一回。”成了明星的巴纳德没有参加路易斯·沃什坎斯基的葬礼，安妮·沃什坎斯基为此记恨了他一辈子。沃什坎斯基的葬礼在全球进行了电视转播，南非除外。

巴纳德继续沉浸于盛名当中。他的自传被开价 10 万美元，巴纳德还邀请意大利导演卡洛·庞蒂拍摄一部讲述自己人生故事的电影，主演人选包括保罗·纽曼、格利高里·派克和沃伦·比蒂。他与索菲亚·罗兰共进午餐，受邀到迪恩·马丁的好莱坞豪宅和彼得·塞勒斯的游艇做客，还和电影明星吉娜·洛洛布里吉达谈了一场高调无比的婚外恋。“我们一晚上开香槟庆祝了好几次，第二天一早我就离开了，”巴纳德说，“她开着她的捷豹送我回酒店，貂皮大衣里头一丝不挂。”《巴黎竞赛画报》曾将他评为“全球五大最佳恋人”。巴纳德前往摩纳哥会见兰尼埃三世和格蕾丝王妃，还去了巴西、英国、德国、伊朗、秘鲁、西班牙、意大利，在意大利他获得了教皇保罗六世的接见。“我想说，这么一个来自卡鲁、出身卑微的男孩，”巴纳德说，“一夜间成了名人。所有人都想和我对话，所有人都想见我，哪儿哪儿都给我发邀请。这一切令人兴奋，令人目眩神晕。我承认，我特别享受曝光，有时候失去了平衡……（但是）说不喜欢掌声和赞扬声的人，要么是傻子，要么是骗子。”

巴纳德的所作所为毁掉了他和阿莱塔·卢之间二十年的婚

姻。卢是一名护士，他们于 1948 年结婚，育有二子：迪尔德雷于 1950 年出生，安德烈于 1951 年出生。1969 年 5 月，两人离婚。几个月后，1970 年，四十八岁的巴纳德迎娶十九岁的芭芭拉·佐尔纳，她是家族财产继承人，与巴纳德的儿子同龄。两人也育有二子：弗雷德里克于 1972 年出生，小克里斯蒂安于 1974 年出生。1982 年，两人离婚。1988 年，六十六岁的巴纳德与三十八岁的模特卡琳·塞茨科恩结婚，两人同样育有二子：阿明于 1989 年出生，劳拉于 1997 年出生（巴纳德最大的儿子此时已四十七岁）。2000 年巴纳德七十八岁时，这段婚姻同样以离婚收场。

1975 年 10 月，500 名顶尖心脏病专家和心脏外科医生受邀参加在底特律举办的亨利·福特国际心脏外科研讨会，巴纳德不在受邀名单之列。他的同事们无法原谅他的傲慢和摇滚明星般的胡闹行为，也无法原谅他拒绝承认他人贡献的做法——巴纳德拒绝承认第一次心脏移植背后其他人所做的工作。

1983 年，巴纳德彻底退出外科手术界，转而担任一家“回春中心”咨询顾问，报酬高达数十万美元。这家诊所用流产羊胎帮助客户“回春”。他还亲自推广一款“神奇抗衰面霜”。后来，巴纳德被美国外科医师学会和美国心脏病学会除名。克里斯蒂安·巴纳德在美国和欧洲大部分地区变成了医学界的耻辱。

2001 年 9 月 2 日，七十九岁的克里斯蒂安·巴纳德独自一人在塞浦路斯度假时因哮喘逝世，到死都没放下第三任妻子离他而去的事实。弗朗西斯·斯科特·菲茨杰拉德曾经写过这样一句话：“给我一个英雄，还你一出悲剧。”

如今，美国的医学中心每年进行大约2300例心脏移植手术，90%的患者生存期超过一年，平均生存期为十五年。心脏移植已经变得和心脏搭桥一样普遍。从庆祝路易斯·沃什坎斯基存活十八天到现在，我们取得了巨大进步。虽然更好的免疫抑制药物进一步改善了心脏移植患者的预后，排斥问题却依然存在。服用这类药物的患者仍然可能出现严重感染，偶尔还会致命。此外，心脏移植患者必须终生服用免疫抑制药物。最糟糕的也许是，目前还有4000多名严重心脏病患者在等待捐献者的出现，他们之中约三分之一将在等待中死去。

不过有一个办法可以同时解决移植排斥和漫长等待这两个问题。随着基因工程和克隆技术的出现，现在有希望通过猪获得源源不断的心脏供应。这个想法并非痴人说梦，想想全世界最著名的绵羊多莉。多莉出生于1996年7月5日，由单个成年体细胞克隆而来。使用猪心也许又会勾起人们对于奇美拉的恐惧，还会激怒动物权利活动家，但是属于这项技术的时代可能终于已经到来。

对于心脏移植等待名单上的患者来说，是否要首批尝试猪心移植，其实又是一个权衡相对风险的决定。出于以下几个原因，患者也许可以理性地做出接受的选择：（一）心脏外科医生几十年来一直用猪、牛和马的瓣膜（称为异种移植物）替换受损的人类心脏瓣膜，因此已经积累了许多人类移植动物器官的经验；（二）猪心可以通过基因工程进行改造，躲过人体免疫系统的识别，患者也就无需服用会增加感染风险的免疫抑制药物，而接受人类心脏移植的患者则必须服药；（三）心脏移植等待名单上三分之一的人将在等待中死去。

下一章将讲到，除了心脏移植以外，使用动物拯救人类的其他方法。

第二章

瑞恩·怀特：输血

每三秒钟就有一个人输注陌生人的血液。仅仅在美国，每年的输血量就多达1600万个单位，输血人数达到1000万人。血比油贵，千真万确。2020年石油的价格为每桶42美元，同等重量的血液则要2万美元。

输血最早出现在17世纪，前三次输血鲜有公众关注，第四次最终导致输血被全面禁止——数百篇杂志和报纸文章报道了这例输血，还有好几本书以此为主题。主治医生被控犯有谋杀罪，庭审演变成一场小报式丑闻，最终真凶被揭露。

理查德·洛尔（不是上一章中出现的移植外科医生）于1631年出生在康沃尔郡的农业社区，康沃尔郡位于海岸线崎岖的英格兰西南端。不过洛尔对农业不感兴趣，他考上了牛津大学并获得奖学金。洛尔的成就散落于历史尘埃，但实际上他是第一个实现输血的人。

1665 年，在伦敦皇家学会的支持下，洛尔开展了一项实验。他先给狗大量放血，使其休克，然后通过一组管子，将另一条狗的动脉与休克狗的静脉相连。供血犬喷射而出的动脉血涌入濒死犬的静脉，救活了濒死犬。洛尔解决了输血的一大基本问题——凝血。血液一旦暴露在空气中便会迅速凝结，导致无法输血。几百年后，研究人员发现了更简单的方法，但在当时，洛尔的技术实现了第一例人类输血。

1667 年 6 月 15 日，二十七岁的医生让-巴蒂斯特·丹尼斯（Jean-Baptiste Denis）使用理查德·洛尔的技术进行了首次人类输血。丹尼斯拥有神学学士学位和数学博士学位，在法国南部的蒙彼利埃学医，后搬到巴黎，成为法国国王路易十四的御医。他也从事一些医学研究。

丹尼斯选了一个发高烧、身体虚弱的十五岁男孩接受输血。首先，丹尼斯放掉男孩 3 盎司（约 85 克）血液，然后取一根细管，一端扎进羊羔颈动脉，另一端扎进男孩的静脉，给男孩回输了 3 盎司羊羔血。丹尼斯基本以《圣经》为依据进行推断：血液决定灵魂，羊羔平静又弱小，雄鹿勇敢又强壮，因此羊羔血理应可以平息男孩的高烧。

不知怎么地，输血奏效了。起初，男孩感到手臂上传来一股强烈的热感，五小时后，他“面色正常，面带微笑”。男孩有些流鼻血，不过两个月来终于第一次正常进食了。后来，丹尼斯聘请这个男孩当他的贴身男仆，作为对这场突破性实验时时刻刻的提醒。

全球第二例输血对象是一个喝醉的中年屠夫，有偿参与。屠夫输完羊羔血，跳下桌子，宰了羊甩在肩上，跑去当地酒吧喝了个大醉。丹尼斯很沮丧，他本想观察屠夫输血后的反应。

1667 年 7 月，丹尼斯发表了这两次输血的结果，毫无疑问，一颗医学界新星正在冉冉升起。他的第三位输血病人是邦德男爵，男爵患有肝脏和脾脏疾病，输血四十五分钟后（这次用了小牛而非羊羔）坐起来喝了几口肉汤，之后身体开始逐渐好转。

然后便是下一次，使得输血在之后至少两百年里被全面禁止。

第四位输血病人是安托万·莫鲁瓦，三十四岁，多年来患有阵发性精神错乱，每次发作持续十个月或更久。发病时，莫鲁瓦会殴打妻子佩林纳，在街上裸奔，沿途放火。有时他会停下来，挥舞双臂，发出极其恐怖的嚎叫——当地的孩子们倒是很开心，兴高采烈地跟在他身后。医生尝试用草药、化学品和其他“活性”成分组成的各类混合药浴治疗莫鲁瓦的病症，还把特制药水绑在他的前额，但是全都不起作用。

有一天，一个贵族在巴黎街头发现赤身游荡的莫鲁瓦，便将他带到让-巴蒂斯特·丹尼斯家中。1667 年 12 月 19 日下午 6 点，丹尼斯用银管挑破莫鲁瓦的肘部静脉，放掉 10 盎司（约 283 克）血液，然后为他回输了小牛大腿内侧喷涌而出的动脉血。莫鲁瓦在椅子上打起了盹，几小时后醒来要吃东西，当天夜里他一直在睡觉，偶尔吹几声口哨，状态明显比输血前更平静。两天后，丹尼斯重复同样的操作，这一次莫鲁瓦出现了严重反应。起初，和那个十五岁男孩一样，莫鲁瓦抱怨手臂上传来一股强烈的热感。他的心跳加快，体温升高，汗流浃背，把刚吃下去的熏肉和肥肉都吐了出来。他的尿液呈乌黑色，“好像掺了烟囱灰”。然后莫鲁瓦睡了十个小时，醒来时神清气爽，但是尿液依然呈黑色。输血两天后，12 月 23 日星期五，莫鲁瓦开始猛流鼻血，严重到请了神父来听他做（死前）忏悔。这次小波折过后，莫鲁瓦又恢复了，比过去八年的任何时候都要平静和清醒。莫鲁瓦见到妻子时，据说从“超级疯子变成了平静的人”。种种迹象表明，两次输血都奏效了。

丹尼斯本想继续观察莫鲁瓦，但是佩林纳不顾他的反对，把丈夫带回了家。不过很快，莫鲁瓦的状态倒退，又开始殴打佩林纳，重拾酗酒放荡的旧习。佩林纳带着莫鲁瓦找到丹尼斯，向丹尼斯展示她脸上的瘀伤，坚持要求进行第三次输血。从这里开始，故事的细节变得模糊不清，但是有一点很清楚——佩林纳要求进行第三次输血的第二天，安托万·莫鲁瓦死了。

1668 年 4 月 17 日，让-巴蒂斯特·丹尼斯因谋杀安托万·莫鲁瓦在巴黎法院受审。检方率先发言：“丹尼斯先生所涉案件是，今年 1 月末，他与同伙一起非法杀害了一位病人——安托万·莫鲁瓦先生。指控如下：在巴黎医学院多位有识绅士反对的情况下，丹尼斯依然进行了多次反自然的手术，将小牛血注入受害者的静脉。他这么做不是一次，而是三次。第三次输血后的第二天，病人死亡。因此结论很明确——是丹尼斯杀死了莫鲁瓦。”

丹尼斯争辩说，所谓在莫鲁瓦死前一天进行的第三次输血实际上从未发生。他说，手术确实开始了，但是莫鲁瓦突然浑身抽搐，他便立即停止了手术，一滴血也没有输。

不过丹尼斯还有更好的辩护。一名目击者称，看到有人付钱给佩林纳让她杀死丈夫。另一名目击者称，曾看到佩林纳喂丈夫喝一种肉汤，他们的猫吃了洒在地上的肉汤后倒地身亡，估计是砒霜中毒。此外，有好几个人在莫鲁瓦死前一周听到他说妻子要杀他。法院最终裁定是佩林纳毒害了丈夫，让-巴蒂斯特·丹尼斯被还以清白，佩林纳则被处以死刑。

回想起来，目击者能看到佩林纳收陌生人的钱，看到她把勺子扔在地上还毒死了家里的猫，真是不可思议。不过有一个事实不可否认，那就是佩林纳·莫鲁瓦近来确实有了一些钱。极度贫困的她不仅买了用于输血的小牛，还支付了丈夫的棺材、坟墓和挖墓人的费用。那么谁会出钱让佩林纳杀害她的丈夫呢？法国医学界有许多人认为输血反自然，对此予以强烈反对。显然，这些人迫切希望结束这种做法，甚至到了买凶杀害莫鲁瓦陷害丹尼斯的地步，这是一种可能。

安托万·莫鲁瓦的死终结了欧洲大陆的合法输血。1667 年，也就是丹尼斯首次进行输血的这一年，教皇英诺森十一世签署命令，禁止输血。两年后，法国议会下达禁令；十一年后，英格兰议会也下达了禁令。不过这些禁令没能将输血禁绝，输血只是转成了地下作业。事实上，人类输注动物血一直持续到 20 世纪初。

虽然安托万·莫鲁瓦之死仍有不清不楚的地方，但是有一点是确凿的，那就是莫鲁瓦在输血后症状确实有所改善。这又是什么道理？莫鲁瓦的精神病很有可能是大脑感染梅毒引起的，这也能解释他的所有症状。莫鲁瓦输血后的一个副作用是高烧，而导致梅毒的细菌（梅毒螺旋体）对升温极度敏感现在已是公认的事实。实际上，1927 年的诺贝尔奖得主朱利叶斯·瓦格纳-尧雷格正是因为证明了梅毒可以通过发热疗法治疗而获奖，方法是让患者待在“发热柜”里，或是先给他们注射疟原虫，再用奎宁救活患者。也许最令人惊讶的是，用疟疾治梅毒的做法一直沿用到 1950 年代。

可惜，人们没能从早期输血的失败案例中学到任何东西，直到一项诺奖级发明问世才有了新进展。

早期输注动物血的人经常会出现高烧、寒战、腰痛、黑尿以及输血部位有发热烧灼感。如今，这些症状被称为输血反应，输血反应是由什么原因导致的呢？

卡尔·兰德施泰纳（Karl Landsteiner）是奥地利维也纳病理解剖学研究所的一名年轻研究员，他观察到一个无法解释的现象，感到十分好奇。他发现，血液凝结后，红细胞和白细胞会沉到试管底部，淡黄色液体血清会漂到顶部。兰德施泰纳尝试将一个人的血清加入另一个人的红细胞，发现红细胞有时候会凝集和破裂，有时候不会。

然后兰德施泰纳做了一项实验，实验出奇地简单，极易操作，耗时很短，最后他因此获得了诺贝尔奖。1901 年，兰德施泰纳采集了22位同事和实验室工作人员的血清及红细胞，从中识别出三种不同的凝集模式。他发现，他称之为A型血的血清会引起B型血的红细胞凝集，反之亦然。C型血（后来称为O型）的血清会引起A或B型血的红细胞凝集。一年后，兰德施泰纳的学生发现了第四种AB型血。AB型血的血清不会引起A、B、O型血的红细胞凝集。在兰德施泰纳开展这项实验的年代，科学家认为红细胞凝集是红细胞或血清的主人患有疾病的缘故。兰德施泰纳证明了事实并非如此。健康人的正常红细胞表面有不同的蛋白质（A、B或AB），他人血液中的抗体能够识别它们，被识别出来的红细胞会遭到破坏，从而导致潜在且致命的输血反应。

兰德施泰纳没有停下脚步。1919年，他离开维也纳前往纽约，进入洛克菲勒研究所工作。他采集恒河猴的血液，注入兔子和豚鼠体内，识别出红细胞表面另一种名为Rh（恒河猴）的蛋白质。这一发现解释了，为何有时血型看似匹配，输血却依然会导致严重反应。Rh阴性血的人不能接受Rh阳性血（大约85%的人是Rh阳性血），这对于怀着Rh阳性血宝宝的Rh阴性血孕妇来说尤为棘手。Rh阴性血孕妇对子宫内胎儿的血液会产生反应，有时会导致致命的后果。这个问题非常严重，在解决方案（给孕妇接种一种叫做RhoGAM的产品）出现之前，法律甚至禁止Rh阴性血女性和Rh阳性血男性结婚。

1907年，纽约西奈山医院二十五岁的医生鲁本·奥滕伯格第一次将兰德施泰纳的血型匹配技术应用于人与人之间的输血，他发现患者和供血者同为O型血。从此，输血变得更为安全。1930

年，卡尔·兰德施泰纳因“发现人类血型”获得诺贝尔生理学或医学奖。他的工作使现代手术成为可能。

血型匹配也成了第一个用于亲子关系鉴定的科学测试。一起著名的名人丑闻使血型匹配获得了国际关注。查理·卓别林以可爱又充满孩子气的流浪汉角色闻名于世。1941 年，他结识了一位颇有前途的年轻女演员琼恩·巴里，两人发展成为情人——卓别林当时处于第三段婚姻，妻子是出演《摩登时代》的女演员波莱特·戈达德。巴里后来生下一个女儿卡罗尔·安，她声称卓别林是孩子的父亲。在法庭上，卓别林的律师要求使用卡尔·兰德施泰纳的技术进行验血：卓别林是 O 型血，巴里是 A 型血，卡罗尔·安是 B 型血，因此卓别林不可能是孩子的父亲，生父必为 B 型血。这对查理·卓别林来说是好消息，不过坏消息是，虽然测血型是当时唯一的亲子鉴定方法，但是法庭并不认可测试结果。1945 年 4 月，陪审团以 11 比 1 的投票结果裁定卓别林是卡罗尔·安的父亲——尽管他并不是。卓别林不得不支付子女抚养费和诉讼费。1946 年，卓别林提出上诉，再次败诉。

卓别林案改变了美国的亲子关系法。1953 年，加利福尼亚州、新罕布什尔州和俄勒冈州率先起草《验血确定父系血缘关系统一法》，该法律规定，如果“科学证据证明所谓的孩子父亲并非生父，则父系血缘关系问题相应解决”。不过查理·卓别林还是被迫继续支付卡罗尔·安的抚养费。

20 世纪初，人与人之间的输血变得更加普遍。克利夫兰的外科医生乔治·克莱尔是最早实践的一批人。1905 年 12 月，克莱尔将一名二十三岁女子的静脉与她丈夫的手臂动脉相连；几小时后，女子死亡。

问题并不在于克莱尔本身，他不是一个糟糕的外科医生，其实他把静脉动脉连接得非常好。问题在于他完全无视了卡尔·兰德施泰纳的发现。1909 年，距离兰德施泰纳发现血型已有八年，距离鲁本·奥滕伯格在纽约利用血型匹配为患者安全地进行输血也已经过去两年，克莱尔却说："与普遍看法相反，只要是正常人的血液，（用来输血）基本都差不多。亲属关系并不会带来什么特别的益处。"然而，克莱尔经常找亲属献血，以降低严重输血反应发生的概率；事实上，克莱尔找的献血者里有三分之二是患者亲属；若患者是儿童，则献血者必定是其父母。克莱尔否定血型匹配的重要性，致使一些患者死于严重的输血反应：一名三十三岁的男子输注了无血缘男性亲属的血液，于两天后死亡。这次事件发生后，克莱尔最终受到了同行的谴责。

血型匹配直到第一次世界大战结束才成为常规操作；待到 1913 年，注射器、针头、旋塞阀和石蜡涂层玻璃管全部问世，动脉连接静脉的输血方式才被彻底淘汰。现在若要输血，用注射器抽取一个人的血，直接注入另一个人的静脉即可。但是还有一个问题尚未解决——凝血。

解决方法出奇地简单，至少现在回过头看可以这么说。几个世纪以来，将人类静脉与羊羔、小牛和其他人的动脉相连，就是为了防止血液凝结。

1914年，纽约市西奈山医院的理查德·刘易森博士将柠檬酸钠添加到血液中，发现这样一来，即使在空气中暴露再久，血液依然处于流动状态。所需要的仅仅是0.2%浓度的柠檬酸钠溶液。单靠这项发现便实现了血液的储存。患者再也不需要和献血者挨着坐在一起输血。

1932年，列宁格勒某医院设立了第一个输血中心。五年后，芝加哥库克县医院设立了第二个输血中心，并创造出“血库”一词。医生不仅可以储存血液，还可以将血液中的固体成分（携带氧气的红细胞、抵御感染的白细胞和凝血的血小板）与液体成分（血浆）分离——这一切恰好发生在那场“结束所有战争的战争”之前。

第二次世界大战期间，美国对盟军提供的支持远远不止武器、飞机、导弹和船只，美国人还把他们的血液送到了海外。这项工作中有一个最关键的人物，后来的热播电视剧《风流军医俏护士》（*M*＊*A*＊*S*＊*H*）有一集以他为主题，某著名喜剧演员讲警示故事时也提到过他。

1926年，查尔斯·德鲁从阿默斯特学院毕业，他本想继续上医学院，无奈钱不够，只能先进入巴尔的摩摩根学院（现为摩根州立大学）当了两年的生物学教师兼辅导员。1928年，德鲁终于凑够了钱，进入蒙特利尔麦吉尔大学医学院深造，最后以全班第二名的成绩毕业。

1938年，德鲁获得洛克菲勒奖学金，进入哥伦比亚大学学习，并在纽约长老会医院接受培训，在此期间他研究出一种处理和储存血浆的方法。（血浆是血液的清液成分，凝血所必需的蛋白质依然存在其中。）这项研究为他的论文打下了基础，论文题为《库存血液》。1940 年，德鲁成为血液制品国际运输项目的第一任主任，项目名为“献血援英”（Plasma for Britain）。德鲁的任务充满着危险：从血液中分离出血浆并不难，哪怕他最初收到的血液有 17000 个单位之多，难就难在德鲁必须确保每一滴血浆都无菌，否则运往英国的就可能是要人命的东西——血浆是细菌滋生的良好介质。

德鲁还必须标明血液的血型和来源，因为许多白人士兵不愿意输注美国黑人的血。作为第一个获得哥伦比亚大学博士学位的非裔美国人，这一点尤其令德鲁反感。截至 1945 年二战结束，美国红十字会一共采集血液逾 1300 万个单位（1 个单位大约是 1 品脱，约 568 毫升）。每个单位的血液都注明了献血者种族，以区分其来源。这就是吉姆·克劳法时期的美国[①]。

1950 年 4 月 30 日，查尔斯·德鲁和三个黑人医生一同连夜驱车前往亚拉巴马州塔斯基吉参加聚会。早上 7 点多将近 8 点，他们正行驶在北卡罗来纳州 49 号公路上，突然车子冲出高速公路，撞上土堆，连滚三周。德鲁飞出车外，车身翻滚后压到他身上，造成其重伤。车上四人全部被送往北卡罗来纳州伯灵顿的阿

① 吉姆·克劳法泛指 1876 年至 1965 年间美国南部各州以及边境各州对有色人种（主要针对非洲裔美国人，但同时也包含其他族群）实行种族隔离制度的法律。——译者

拉曼斯综合医院。这是一家实行种族隔离的医院，但是急诊室同时收治黑人病患和白人病患。当值医生迅速处理了德鲁的伤势，但是回天乏术，查尔斯·德鲁还是去世了，年仅四十五岁。虽然发明血浆分离方法的不是他，但是德鲁不仅扩大了血液运输的规模还提升了安全性，这无疑在二战期间挽救了数以万计的生命，是一项极为了不起的成就。这便是查尔斯·德鲁的故事，可惜不是人们常常听到的故事版本。

1960 年代至 1970 年代，喜剧演员迪克·格雷戈里好几次和观众说，二战期间负责血库和血液运输的核心人物查尔斯·德鲁死于北卡罗来纳州一家种族隔离医院，因为医院拒绝为他输血救命。《时代》周刊和《纽约时报》都为这个说法的真实性背书，但是这则杜撰故事最后变得广为人知，最大的原因还是超热播电视剧《风流军医俏护士》，该剧讲述了朝鲜战争期间发生在一家陆军流动外科医院的故事。有一集中，一名受伤的士兵醒来发现自己接受了输血，他很担心，询问医生他输的血是不是“白”的。到了晚上，医生趁士兵睡觉时往他的脸上涂抹碘酒，士兵竟真的愚蠢到以为自己输了“黑”血导致肤色变黑。然后医生向士兵讲述了错误版本的查尔斯·德鲁故事——北卡罗来纳州的医院如何拒绝为这位基本等同于开创了血液运输先河的人物输血。

然而事实并非如此。翻车压断了德鲁的脖子，压碎了他的胸腔，一根向心脏送血的静脉也断了。急诊医生拼尽了全力，正如当时与查尔斯·德鲁同车的一人所说：“输再多的血也救不活他。”

1940年代初，可用于输血的血液以两种形式存在：全血——冷藏大约可以保存一周，以及血浆——极容易被细菌污染。随着美国加入二战，在美国红十字会的鼓励下，一位名叫埃德蒙·科恩的化学家找到一种方法，能够更好地向战场输送血液。科恩在哈佛医学院的地下室工作，他将全血加入各种浓度不一的酒精和盐混合物，并置于各种温度和酸碱度（pH值）下，发现血液的不同成分沉淀的方式和石油分馏成天然气、燃油以及其他石油产品的方式非常相似。科恩给每种血液馏分编了号，最关键的是5号，其中含有白蛋白，这是血浆中的救命蛋白，可以在大出血时恢复血压。最重要的是，白蛋白沉淀物为白色干粉，易于储存，保质期得以显著延长。珍珠港事件后，科恩的白蛋白迎来了首次测试，最后挽救了许多伤兵的生命。

其他血液馏分含有不同数量的抗体（抗体是有助于抵抗感染的蛋白质）、胆固醇和凝血因子。科恩描述了这项技术。四十年后，含有凝血蛋白的血液馏分导致了历史上最严重的生物灾难之一，差点将一类患儿全部置于死地。

凝血并不是输血最后一个有待解决的问题。有时，血液中含有传染性物质，例如细菌、病毒、真菌或寄生虫。截至1930年代末，已有多起输血所致的麻疹、疟疾和梅毒感染病例，感染往往是致命的。但是，和1940年代的一场疾病暴发相比，所有这些输血致死案例都是小巫见大巫。

1942年3月，美国卫生部外科医生办公室（Office of the

Surgeon General）注意到，在加利福尼亚州、英国、夏威夷、冰岛和路易斯安那州的美军驻军中，黄疸（肝病引起的皮肤发黄）发病率持续上升。所有得了黄疸的士兵都在不久前接种过黄热病疫苗——疫苗里除了含有黄热病病毒以外，还有作为稳定剂的人血清。1942 年 4 月 15 日，时任美国医务总监下令叫停黄热病疫苗接种，召回并销毁所有库存。此后不久，疫苗厂家生产出另一种黄热病疫苗，以水代替了人血清，但是终究晚了一步。

用作黄热病疫苗稳定剂的血清采自巴尔的摩约翰·霍普金斯医院的护士、医学生和实习生，其中几人曾有黄疸病史，一人在献血时处于阳性感染状态。截至 1942 年 6 月，累计 5 万美国士兵因严重肝病住院，150 人死于后来得名的“乙型肝炎”。供应给军队的 141 批黄热病疫苗中，7 批经查被污染，78％接种了这 7 批疫苗的人感染疾病。最后，总计 33 万美军染病，1000 人死亡。不论当时还是现在，这起事件都是有史以来极为严重的单一传染源致命传染病大暴发。

黄热病疫苗的悲剧可以避免吗？

1964 年，巴鲁克·布伦伯格发现乙肝病毒。1971 年，距离黄热病疫苗悲剧三十年后，通过验血检测乙肝病毒的方法问世。1972 年，FDA 下令所有人在献血前必须验血，筛查乙肝病毒。既然相应的检测方法三十年后才广泛应用，我们便不能指责军队当时没有对献血者开展血液筛查。尽管如此，让护士、医学生和实习生献血也实在是糟糕的选择，因为医务人员接触传染病患者的概率更高。另外，其中一名医学生在献血时正处在黄疸发病期，却没有人在填写入学表格时询问过这名学生的身体情况，这是不可原谅的。自从有了血库，询问献血者是否患病便成了标准操作。1942 年的数千美国士兵因乙肝住院及死亡事件是完全可以避免的。

污染献血血源的不止乙肝病毒，还有一种后来得名“丙型肝炎”的病毒——最初它被称为“非甲非乙型肝炎”，因为研究人员只知道它不是两者中的任何一种。截至 1970 年代末，大约 90％输血相关肝炎的致因是丙肝病毒。仅在 1984 年就有 18 万输血者感染丙肝，1800 人死亡。著名艺人、喜剧演员丹尼·凯伊也是受害者之一。检测献血血源中丙肝病毒的验血方法直到 1986 年才出现。

不过，除了梅毒、麻疹、疟疾、乙肝和丙肝之外，还有一个问题。1970 年代末，一种新病毒流入了美国的血液供应系统。人们极度惧怕这种病毒，对它的诬蔑和误解都非常严重——不仅担心会因为输血感染，甚至担心献血便会感染。结果，美国的献血人数直线下降。不可思议的是，直到今天还有三分之一的美国人相信会因为献血感染这种病毒。

1981 年 6 月，5 名健康的男同性恋者患上了一类少见的肺炎，它由一种名为卡氏肺孢子虫（Pneumocystis carinii）的真菌引起，而这种真菌以往只在癌症患者身上发现过。到年底又新增了 100 多例病例。这一综合征最初被称为“同性恋相关免疫缺陷”（GRID）。截至 1982 年 5 月，累计报告了 355 例 GRID 病例，

136 人死亡。罹患该疾病的主要是纽约和旧金山的男同性恋者。

没有人知道病因。由于病患主要是男同性恋者，他们的同性恋生活方式成为审视对象：是不是射入直肠的精子中含有某种抑制免疫系统的物质？是不是在性交过程中用来增强性快感的消遣性药物亚硝酸戊酯（俗称 popper）以某种方式削弱了免疫系统？这有没有可能是另一种性传播病毒或细菌感染，类似梅毒、淋病或衣原体？然而这种特殊感染的不同之处在于，它针对性地破坏免疫系统，其他性传播感染不会这样。

1982 年 1 月，一名六十二岁的男子死于卡氏肺孢子虫肺炎，迈阿密的一位医生随后致电疾病控制和预防中心（CDC）的布鲁斯·埃瓦特博士。死者不是同性恋，但使用了血液制品。埃瓦特清楚，血液产品经过过滤，理应清除了所有潜在细菌、真菌或寄生虫污染。他推断，致病微生物必定足够小，小到可以通过过滤器——换言之，它应该是一种病毒。埃瓦特还担心，病毒可能已经流入血液供应系统。因为这名死者不是同性恋，所以疾病的首字母缩写由 GRID 改为 AIDS，即“获得性免疫缺陷综合征”。

截至 1983 年 3 月，累计报告艾滋病病例 1200 多例，其中包括 17 例可能经输血引起的感染；到 1983 年底，累计报告 3000 多例病例，1300 人死亡。同年，一位名叫卢克·蒙塔尼耶的法国研究人员分离出艾滋病的致病病原体，即后来得名的“人类免疫缺陷病毒”（HIV）。1984 年 8 月，检测 HIV 的实验性测试问世；到 1985 年 4 月，全美的血库已经将它纳为常规测试，然而伤害已经造成。1978 年至 1985 年间，有 2.9 万美国人因为输注受污染的血液患上艾滋病，其中大多数人后来死于感染，但是有一群人遭受的痛苦超过了其他所有人。

古往今来，一旦血液遭到污染，最早感知到危险的永远是最依赖献血的病人——血友病患者。因此当血液供应系统中出现HIV，他们便成为受伤害最深的患者群体。

血友病是有记录以来最古老的遗传病之一。1920 年代至 1930 年代，由于欧洲皇室罹患血友病，这一疾病受到了国际关注。缺乏两种凝血蛋白（因子Ⅷ或Ⅸ）中的一种便会引起血友病，因此血友病人的血液即使暴露在空气中也不会凝结。疾病通常在儿童时期显现，表现为包皮环切、出牙、爬行时皮肤轻微割破或瘀伤后流血不止。血友病几乎只发生于男性；每 5000 名美国男性中就有 1 人患有血友病。

得益于哈佛大学埃德蒙·科恩的研究，血友病患者可以通过一种叫做冷沉淀的血浆组分进行治疗。冷沉淀中富含凝血蛋白，如因子Ⅷ和Ⅸ，这是好的一面。事实上，冷沉淀治疗使血友病患者的寿命延长了二十年。但不好的一面是，这种血浆组分往往采自多位献血者，通常需要大约 10 人。（相对地，如果输全血，血液则全部来自同一位献血者。）多人采血，其中有人感染 HIV 的风险便大大增加。

艾滋病流行开始前夕，美国血友病男孩患者的寿命和普通男孩相当。到 1980 年代末，1 万名美国严重血友病男性患者中有 9000 人感染 HIV。到 1994 年，超过 25％的美国血友病患者被艾滋病夺去生命，大多数是儿童和青少年。

这一疾病带来的恐慌和无知，以及激起的敌意、憎恶和猜忌，在一个案例上体现得淋漓尽致——那是一个极为勇敢的印第安纳州小男孩，后来成为艾滋病流行的代表人物。

1971 年 12 月 6 日，瑞恩·怀特（Ryan White）出生于印第安纳州科科莫的圣约瑟夫纪念医院，父亲叫休伯特·怀特，母亲叫珍妮·怀特。出生第三天，瑞恩接受了包皮环切术，术后流血不止，被诊断出患有血友病。从那时起，他每周接受冷沉淀输血。1984 年 12 月，十三岁的瑞恩患上严重的肺炎，被诊断为艾滋病。医生说他只剩下六个月的生命。

患上肺炎后，瑞恩病得太重，没法上学，但是到了 1985 年，他的情况开始好转。于是珍妮询问学校董事会，能否让瑞恩回去上六年级，得到的答案是不行。1985 年 6 月 30 日，怀特夫妇提出正式申请，请求校方允许他们的儿子回去上学，结果又被驳回。这次拒绝他们的是西部学校公司的负责人詹姆斯·史密斯，由此引发了一场持续八个月的上诉。不过瑞恩所在学校的学生家长对上诉结果并不关心，100 多名家长连同 50 名教师签署了联名请愿书，要求禁止瑞恩回来上学——尽管印第安纳州卫生专员伍德罗·迈尔斯博士和疾控中心的多名卫生官员已经告知学校董事会，瑞恩不会对其他学生构成危害。

人们的恐惧占了上风。

1985 年 11 月 25 日，印第安纳州教育部做出决定，瑞恩·怀特可以回去上学。12 月 17 日，学校董事会以 7 比 0 的投票结果推翻了该决定。三个月后，教育部再次决定瑞恩可以回去上学，他也确实回去了；但是两周后，另一位法官下达限制令，禁止瑞恩上学。同月，《新英格兰医学杂志》发表了一项针对 100 名与艾滋病患者有过密切非性接触人群的研究结果，结论是即使共用牙刷、衣服、梳子、水杯，睡同一张床，拥抱和亲吻，也完全没有感染艾滋病的风险。1986 年 3 月 2 日，瑞恩同班同学的家长在学校举行了一场拍卖会，筹集资金，继续阻挠珍妮和休伯特实现愿望——他们希望儿子被当成正常人而非过街老鼠般对待。4 月 10 日，巡回法院法官杰克·奥尼尔解除限制令；印第安纳州上诉法院尽数驳回学生家长企图继续阻止瑞恩·怀特上学所提出的后续上诉。

1986 年 4 月，瑞恩·怀特升读八年级；西部中学的学生对此做出的回应是，360 名学生中有 151 人选择居家，还有小部分人转学到其他学校。瑞恩和他的父母继续受到威胁。学生们会大喊："我们知道你是'弯'的。"和瑞恩家在同一条送报路线上的居民取消订阅，他们认为艾滋病毒会通过触摸报纸传播。《科科莫论坛报》的编辑和出版商因为给予瑞恩报道和经济上的支持，被社区居民冷嘲热讽，还受到诉讼威胁。

瑞恩在西部中学念完了 1986 年至 1987 年整个学年，但是他非常不开心，几乎没有朋友。学校要求他使用一次性餐具吃饭，强迫他去单独的厕所，禁止他上体育课；人们拒绝和瑞恩握手，在教堂里也不愿意坐在他旁边；他家的汽车轮胎被划破；一天，一颗子弹射穿了怀特家客厅的窗户，之后，他们举家迁往印第安纳州西塞罗，瑞恩得以进入阿卡迪亚汉密尔顿高地高中上学。

1987 年 8 月 31 日，瑞恩来到学校，内心忐忑，不知会得到怎样的对待，他有这份忐忑是完全可以理解的。然而他受到了校长托尼·库克、地区学校负责人鲍勃·卡纳尔和几个学生的热烈欢迎，他们都学习了有关艾滋病病毒及其传播方式的知识。

1986 年至 1987 年间，瑞恩·怀特上过哥伦比亚广播公司的晚间新闻、美国广播公司（ABC）的《早安美国》和全国广播公司（NBC）的《今日秀》及《今夜秀》节目，《今日美国》日报和《人物》杂志对他进行过长篇故事报道。实际上，在 1980 年代末的美国，公众和媒体接受的绝大多数艾滋病宣教都来自这个勇敢坚毅的小男孩，他努力地过正常人的生活，哪怕已经被下了死亡通牒。歌手约翰·梅伦坎普、艾尔顿·约翰、迈克尔·杰克逊，潜水员格雷格·洛加尼斯，时任美国医务总监埃弗里特·库普，印第安纳州篮球队主教练鲍比·奈特，篮球明星卡里姆·阿卜杜勒-贾巴尔和女演员伊丽莎白·泰勒都和瑞恩成为了朋友。

1988 年 3 月 3 日，瑞恩·怀特向艾滋病流行总统委员会发表演讲，讲述他在科科莫和西塞罗的不同经历，以此说明艾滋病宣教的重要性。当晚，他同时登上美国有线电视新闻网（CNN）和美国广播公司的夜线节目，坚称自己并不是什么英雄，只是一个想被当作普通人对待的孩子。1989 年，美国广播公司播出了由卢卡斯·哈斯主演的电影《怀特的故事》。1990 年 3 月 29 日，瑞恩因重症肺炎住进印第安纳波利斯莱利儿童医院，病情未能好转。1990 年 4 月 11 日，这位勇敢的年轻人入葬印第安纳波利斯第二长老会教堂，1500 人参加了葬礼，此时距离他被告知只剩下六个月的生命已经过去了六年。他的护柩者包括艾尔顿·约翰、足球明星豪伊·朗和电视脱口秀主持人菲尔·多纳休。

瑞恩去世四个月后，美国国会通过了《瑞恩·怀特综合艾滋病资源紧急法》（CARE），旨在为艾滋病患者提供支持。在此之前，许多美国人将艾滋病视作行为不端的惩罚，是瑞恩·怀特帮助转变了人们的这种看法。瑞恩认为，无论性取向，所有艾滋病患者都是无辜的，没有人理所应当死于感染。该法已经得到过两次国会重新授权，是美国最大的艾滋病患者服务项目。

瑞恩·怀特的墓碑在他去世后的一年里遭到四次蓄意破坏。

许多在 1980 年代死于艾滋病的人其实是枉死，这要归咎于美国对艾滋病流行的迟缓反应，主要有以下几大原因：

第一，在艾滋病流行早期，公共卫生官员不愿意禁止部分高风险群体献血，例如有多个性伴侣的男同性恋者和静脉注射吸毒者，这减缓了反应速度，并且不是出于科学原因，而是政治原因。这些群体认为自己受到了不公平的诬蔑和排挤。

第二，二战以后，法国、荷兰和英国都建立了百分百无偿的献血系统，而美国不是。无偿献血者没有理由对健康状况撒谎，因此血液供应更加纯净。1978 年，FDA 要求所有血液必须标明来源——无偿或有偿，买血的做法才逐渐消失，但是依然有几家公司为了采集像瑞恩·怀特这样的血友病患者所需的凝血因子继续有偿收购血浆。

第三，直到 1987 年，医学界承认艾滋病的存在六年之后，罗纳德·里根总统才愿意公开提及“艾滋病”这个词。如果里根早点借助自己这个重要的平台，提升公众认知，血液供应污染问题就很可能成为优先级更高的国家问题。

不过说到最后，就算采取了不同的应对措施更早地应对艾滋病问题，也只能减轻艾滋病流行的影响，并不能避免艾滋病病毒大规模污染美国血液供应系统的事实。

艾滋病悲剧发生后，血液和血浆的处理方法发生了一些变化。现在要求对血液进行高温、溶剂和去污剂处理，这大大降低了血液被病毒污染的可能性。实际上，自 1985 年以来再也没有发生过血浆制品中掺杂乙肝、丙肝或艾滋病病毒的案例。

然而输注全血又是另一回事。全血的常规检测包括筛查细菌（如梅毒）、病毒（如乙肝、丙肝、艾滋病、西尼罗河和寨卡病毒）和两种罕见寄生虫，这降低了此类感染传播的可能性，但无法完全根除风险。例如，在全血常规血液检测成为常规之前：

- 因输血感染 HIV 的风险是两千六百分之一，如今不到百万分之一（其实在超过 1300 万单位的全血输血中只发现过 1 例 HIV）；
- 因输血感染丙肝病毒的风险是十万分之一，如今不到百万分之一；
- 因输血感染乙肝病毒的风险是六万三千分之一，如今是百万分之八。

但是不论如何，输注全血的风险都不可能降到零，常规检测不覆盖的潜在污染物还有许多，比如爱泼斯坦-巴尔病毒（导致单核细胞增多症）、巨细胞病毒（导致先天缺陷）、细小病毒 B19（导致皮疹、发烧和贫血）、埃博拉病毒、登革热病毒、基孔肯雅病毒、非典冠状病毒、中东呼吸综合征冠状病毒、新冠病毒和朊病毒（导致疯牛病）都不在常规检测的范围内。还有沙门氏菌等细菌，也依然是输血致死最常见的原因。简而言之，输注陌生人的血液总是存在一定程度的风险。

可能有人会想，在实验室里制造红细胞应该不是什么难事，用人造血液实现红细胞的正常功能，将氧气输送到全身，这能有多难？显然，答案是极度困难。

科学和医学期刊发表关于人造血的论文已经有十几年，但它依然是一个非常新的概念。我们必须等到技术发展到下一阶段才敢放心使用。决定是否要采用一项新技术，诸如人造血，归根结底是要确定，我们何时能够足够了解一种疗法的潜在益处超过了它的已知或理论风险。我们不能等到了解了一切才做出决定，因为我们永远不可能了解一切。

在范围更广的人群中开展研究能够减少不确定性，但也无法彻底消除不确定性。需要多少人输过人造血平安无事，我们才会觉得不确定性降低了呢？10 个？50 个？100 个？1000 个？随着越来越多的人输注人造血，不确定性会降低，但是它永远存在。

同样的计算方式适用于所有新疫苗，比如新冠疫苗。什么时候不确定性才算极大地降低？新疫苗的一期临床试验一般入组 20

到 100 人；二期试验，数百人；三期试验，数万人。每过一个阶段，确定性变得更高，但是 1 万人终归不是 1000 万人，什么时候才算跨过不确定和确定之间的界限，变成相对确定呢？我们真的曾经跨越过那条线吗？

第三章

汉娜·格林纳：麻醉

心脏移植和输血的故事为新技术的风险蒙上戏剧化色彩，其中部分风险可以被避免，部分不能。不可避免的风险比如包括，人为错误（含有乙肝病病毒的血清污染黄热病疫苗）、知识缺失（血型匹配技术直到 1907 年才开始普及）或是未知病原体突然难以预料地出现（艾滋病病毒在 1980 年代初进入美国血液供应系统）。另一方面，部分风险可以被避免，例如，尽管血型匹配已经成为公认做法，乔治·克莱尔依然坚持不测血型直接输血；诺曼·舒姆威的心脏移植患者比其他移植中心的患者活得更长。这些信息，但凡愿意花力气查，都可以查到。

不过还有一种风险，到目前为止尚未提及，那就是民族主义。听起来似乎扯得有些远，但是 2020 年底，随着多国竞相研发新冠疫苗，民族主义逐渐抬头。中国开始在国内推进灭活疫苗接种，制作方法是提取新冠病毒，在实验室中培养，纯化后使用化学物质彻底杀灭病毒。俄罗斯表示将在不久后开始为本国公民接种以复制缺陷型人类腺病毒为载体的疫苗，制作方法是改造一种引起普通感冒的病毒（腺病毒），阻断病毒的自我复制能力（因此得名“复制缺陷”），再对其进行基因工程改造，制造出新冠病毒刺突蛋白（刺突蛋白起到将病毒附着在细胞上的功能）。注射这种疫苗后，人体内会产生新冠病毒刺突蛋白，继而产生针对这一蛋白的抗体。英国也即将开始为本国公民接种疫苗，和俄罗斯研发的类似，只不过使用的不是人类腺病毒，而是猴子腺病毒（因此得名“复制缺陷型猴腺病毒”）。美国采用了第四种技术路线——取一小段新冠病毒刺突蛋白的编码基因（称为“信使核糖核酸”，即 mRNA），将其直接注入美国公民的手臂。许多人在想，如果一种疫苗比另一种疫苗的效果更好，会发生什么？各国是愿意切换到别家的疫苗，还是继续推行自家投入了几十亿美元研发和量产的疫苗，同时坚称本国的疫苗足够优质？各国领导人还担心，掌握着最好疫苗的国家有可能仅向本国公民及其盟国提供疫苗。这种情况听起来不太可能发生，但是在麻醉剂问世初期，也是民族主义盛行的时期，就发生了这样的情况，结果欧洲人民只能使用一种危险致命的麻醉剂，明明在美国已经有另一种安全得多的选择。

戈尔·维达尔，美国偶像，一生著有二十多部小说和大量舞台剧本、散文和影视剧本，于 2012 年去世。他曾经出现在动画片《辛普森一家》和《全家福》中，还是约翰尼·卡森主持的《今夜秀》常客。他有几本书描绘的是 19 世纪美国的生活，如

《林肯》《伯尔》和《1876》。在一次新闻发布会上，有记者问维达尔有没有想过在那个时代生活。“我绝对不想活在麻醉技术不完善的时代。”维达尔回答。

麻醉问世前，外科医生做手术基本仅限于膀胱结石清除、卵巢囊肿引流和腿部截肢，而且相比起技术，手速更能为他们赚得嘉奖。一位名叫罗伯特·利斯顿的外科医生为了打破自己的截肢速度纪录，不小心切掉了患者的一只睾丸和助手的两根手指。19世纪初，著名的哈佛大学下属麻省总医院的约翰·柯林斯·沃伦教授描述了当时的术前患者指导。“按照惯例，病人被带进手术室，躺上手术台，”沃伦回忆道，

> “外科医生站在一边，双手背在身后，对病人说：‘你的腿，截还是不截？’如果病人丧失勇气，说‘不截’，那他就是做出了放弃截肢的决定，会被带回病房；但是如果他说‘截”，那么立刻就有好几个身强力壮的助手上前，牢牢摁住病人，在那之后无论病人再说什么，手术都会继续进行。一旦过了这个关键节点，病人畏缩反悔便来不及了，任他再怎么呼叫反抗也无人理会。在有麻醉之前，动手术是一件极其可怕的事，只有这样做，手术才能进行下去。”

人们在没有麻醉的时代过着怎样的生活？最佳描述也许出自范妮·伯尼，她和戈尔·维达尔一样，是一位知名作家，最著名的作品是1778年出版的小说《伊芙莱娜》或称《一位年轻女士

进入世界的历史》。1811年9月30日，曾在拿破仑手下服役的军医多米尼克-让·拉里为伯尼切除了一侧长有肿瘤的乳房，共计7名男助手和1名女助手前来协助手术，伯尼拒绝被众人摁压：

> 可怕的金属切入我的胸膛——切断静脉、动脉、肌肉和神经——那一刻我不想听到任何人命令我忍住哭号。我开始尖叫，整个切除过程都在不停地尖叫，我的耳边现在竟然不再回荡尖叫声，真是稀奇；还有那种剧痛，极度的疼痛！伤口切开，工具移除，疼痛却丝毫不减。那一瞬间，空气急速涌入伤口，触痛脆弱部位，感觉似有一组细小锋利的双叉刃匕首，在伤口边缘来回撕扯。术后，（外科医生）脸色苍白，几乎和我一样苍白，他的脸上布满血迹，神情悲苦、忧虑，几近恐惧。

范妮·伯尼大可不必承受这番苦楚，在她动手术的十几年前，能够让她安然睡过整场手术的麻醉剂已经投入使用。

汉弗莱·戴维出生于英国康沃尔的一个中产家庭，家人对他的教育并不上心。十六岁时，他进入当地一家药店工作，最终一步步晋升为英国气体研究所负责人，该机构使用气体吸入法治疗肺结核。戴维初期开展过一项实验，使用了一氧化二氮气体，该气体由约瑟夫·普里斯特利于1772年发现。普里斯特利仅仅通过加热硝酸铵便制得了一氧化二氮——硝酸铵受热后分解为一氧化二氮和水（在此一年前他发现了氧气）。

戴维首先用动物测试一氧化二氮，他发现有一只豚鼠笑了，便将该气体命名为“笑气”。1775 年，戴维在自己身上进行测试。“很快就来劲了，”他回忆道，“愉悦的感觉起初是局部的，在嘴唇和脸颊周围，然而它渐渐扩散至全身，到了实验中途，感觉强烈又纯粹，仿佛整个人的存在都被吸走。就在那一刻，我失去了知觉，不过很快就恢复了。”戴维又请来他的朋友们尝试：诗人塞缪尔・柯勒律治和罗伯特・索西，以及一位名叫彼得・马克・罗杰的医学生，罗杰后来因他编纂的同义词词典而闻名。所有人都同意，一氧化二氮有两个显著特征——使人大笑和失去意识。

1800 年 1 月 27 日，戴维出版了一本书，书名长得吓人——《研究、化学和哲学：主要关于一氧化二氮又名脱燃亚硝气及其吸入》。在第 556 页，他写道：“一氧化二氮在广泛的应用中显示出消除疼痛的能力，也许可被有益地运用于外科手术。”1812 年，汉弗莱・戴维受封爵士。1820 年，他出任伦敦皇家学会会长。可惜，他对医学最重要的贡献埋藏在他那又长又难读、几乎没人读过的著书之中，被忽略了近五十年。

距离戴维的发现三十年后，一氧化二氮首次以嘉年华娱乐表演的形式出现在美国。1833 年，奥尔巴尼《显微镜报》刊登文章，盛赞一位“来自伦敦、纽约和加尔各答的库尔特博士”带来的笑气表演。不过“库尔特博士”不是博士，也并非来自伦敦、纽约或加尔各答，他是一个十九岁的男孩，来自康涅狄格州，从高中辍学后当了商船船员，退出父亲的纺织生意，正在努力为他最近的发明申请专利。“库尔特博士”为了筹集资金，驾着马车环游全美，每天举办两到三场演出——吸一次笑气，收费25美分。“这种气体对人体产生的影响着实神奇，”《显微镜报》写道，“吸过的人完全失去知觉，大约三分钟后恢复意识。”台上的人吸了几口笑气，咯咯笑着倒下，仿佛喝醉了一般。有些人会一下子昏过去好几分钟。最终“库尔特博士”赚够了钱，为他的手持左轮手枪申请了专利。他的真名叫塞缪尔·柯尔特。

然而，改变麻醉历史进程的嘉年华小贩并不是塞缪尔·柯尔特，而是另一个名字相似的商贩——加德纳·柯尔顿。1844年12月10日，柯尔顿在康涅狄格州哈特福德形似洞穴的百老汇帐篷剧院举办了一场4000人的演出。观众里有一位名叫霍勒斯·威尔斯的牙医，他招架不住剧院门口推销员的招徕：

> 快快快！来看气体让人发笑的表演啊！来体验止不住发笑的美妙感觉。神奇的气体，跃动您的每一寸肌肤，激活您的全部心智。快过来，来这里买票！没错！让人极度兴奋的气体，带来无法控制的欢乐狂笑。您也可以来醉上一醉，但是绝对没有醉酒的丢人后遗症！可比喝酒好呀。超级爽，爽到飞起，绝妙快感！感觉比空气还轻，飘浮在空中！嘿，买票进场吧！嘿，表演几分钟后就要开始啦。门票仅售25美分！25美分，只是1美元的四分之一而已！快来吧！先生，不用担心，带上您的女伴一起，表演内容绝对健康！无需

等待！

威尔斯和他的两位朋友塞缪尔·库利、大卫·克拉克一起登上舞台，吸入气体，然后结结实实地出了一回糗。回到座位后，他发现库利的裤子上有血迹。“你肯定哪里弄伤了。”威尔斯说。“没有啊。”库利回答。然后威尔斯对克拉克说，要是有人“拔牙或截肢，估计也感觉不到丝毫疼痛”。

演出结束后，威尔斯找到加德纳·柯尔顿，让柯尔顿第二天带一袋一氧化二氮到他的办公室。1844 年 12 月 11 日，霍勒斯·威尔斯成为第一个将一氧化二氮用作麻醉剂的人。他先自己尝试了一下，让另一位牙医约翰·里格斯拔掉他的一颗牙齿。醒来后，威尔斯十分惊讶，手术全程感觉不到痛苦。“这是有史以来最伟大的发明！”他宣布，“我连一丁点针刺的感觉都没有！”之后的几周里，威尔斯使用一氧化二氮为 15 位患者拔牙，没有一个人感觉到疼痛。威尔斯接下去要做的，就是让医学界相信这种神奇药物的价值。

1845 年 1 月，威尔斯准备就绪。他联系了麻省总医院外科教授约翰·柯林斯·沃伦，希望在那里进行演示，确保尽可能多且有影响力的观众看到演示。沃伦同意了。1845 年 2 月，威尔斯和沃伦站在麻省总医院的手术演示厅中央，观众席上坐着哈佛医学院学生和教职员工。威尔斯给病人吸入一氧化二氮，然后开始拔牙，可惜他给的麻醉剂量不够，病人起初睡了过去，但是刚开始拔牙就尖叫起来。观众哄堂大笑，一些人大喊：“骗局！”威尔斯羞耻地离开了。

霍勒斯·威尔斯的实验失败，给了另一位牙医机会。尽管这位牙医并不是真正的麻醉第一人，但是后世还是将他誉为“麻醉之父”。

威廉·莫顿出生于马萨诸塞州查尔顿，在巴尔的摩学习牙科，后来搬到康涅狄格州法明顿，在那里加入了霍勒斯·威尔斯的口腔诊所。莫顿对一氧化二氮不感兴趣。在他的导师——化学家、发明家查尔斯·杰克逊的建议下，莫顿转而选择乙醚，杰克逊向他保证，乙醚更安全更好。乙醚和一氧化二氮一样，非常容易获得，易于制造（混合硫酸与乙醇），于 19 世纪中叶问世。“笑气派对”使用的是一氧化二氮，乙醚也有类似的娱乐用途，叫做“乙醚嬉戏”。

1846 年 9 月 30 日，继莫顿在自己、他的狗和他的助手身上测试乙醚之后，他为一个病人实施了无痛拔牙。手术结束，莫顿问病人：“你准备好拔牙了吗？”“准备好了。”病人答道。“哦，已经拔完了！”莫顿一边说，一边给病人看刚刚拔下来的带血牙齿。莫顿将这一消息透露给媒体。《波士顿日报》的记者写道：“一位目睹手术全过程的先生告知本报，昨晚，病人口中的一颗烂牙被拔除，而病人没有感觉到丝毫疼痛。他吸入了一种制剂，进入类似睡眠的状态，效果持续了约四十五秒，刚好够拔一颗牙。”莫顿有了底气，效仿霍勒斯·威尔斯的做法，说服了约翰·柯林斯·沃伦让他在麻省总医院公开演示这一新型麻醉剂。

1846年10月16日，就在一年前威尔斯受尽羞辱的同一间手术演示厅里，乙醚迎来了在医学界的首度亮相。莫顿先用乙醚浸湿海绵，让二十岁的油漆工吉尔伯特·艾伯特吸闻海绵，三四分钟后，艾伯特陷入沉睡，然后沃伦开始慢慢地切开艾伯特下巴的骨头和肌肉，小心地切除长在他下巴上的巨大肿瘤。艾伯特没有任何感觉。手术结束后，沃伦望着观众席宣布："各位，这不是骗局。"片刻震惊的愣神过后，学生们爆发出欢呼。莫顿成了英雄。

解剖学教授、美国最高法院大法官之父老奥利弗·温德尔·霍姆斯称"乙醚日"为医学史上的开创性事件，象征着现代外科手术的诞生。霍姆斯从不满足于轻描淡写，他说："人类获得这份无价馈赠，极端猛烈的痛苦从此被忘诸脑后。剧痛将眉头拧成结，最深的沟壑业已被永远抚平。"麻省总医院里现在依然保留着这间手术演示厅，名为"乙醚穹顶"，以此纪念麻醉在美国的诞生。

威廉·莫顿被誉为"麻醉之父"，因为他是第一个在公开手术中演示乙醚的人，然而第一个使用乙醚的人并非莫顿。

早在莫顿的麻省总医院手术演示三年前，1842年1月，纽约罗切斯特的威廉·克拉克博士便给一位霍比小姐使用了乙醚，在她吸闻浸湿乙醚的毛巾后，牙医伊利亚·波普给她拔了牙。医学生时期的克拉克经常参加"乙醚嬉戏"，对这种化学物质十分熟悉。

两个月后，1842 年 3 月 30 日，佐治亚州杰斐逊市的克劳福德·朗博士给詹姆斯·维纳布尔吸入乙醚，随后切除了他脖子上的肿瘤。朗毕业于宾夕法尼亚大学医学院，时年二十七岁，和威廉·克拉克一样，他也很了解乙醚，曾经在“乙醚嬉戏”时擦伤却不自知。“维纳布尔先生吸闻了浸湿乙醚的毛巾，”朗写道，“待他完全睡过去后，我切除了他的肿瘤，那是一个囊肿，直径大约半英寸（约 1.27 厘米）。手术期间，患者持续吸闻乙醚；当我们告诉他手术已经结束，他似乎难以置信，直到看到切下来的肿瘤才相信。”九个月后，1845 年 12 月 17 日，朗成为了第一个为产妇实施麻醉的医生，确切地说，是为他产女的妻子实施麻醉。

克劳福德·朗和威廉·克拉克都没有意识到自己做的事情有多么重大的意义。1849 年，即威廉·莫顿使用乙醚为吉尔伯特·艾伯特做手术五年后，朗发表了他将乙醚用作外科麻醉剂的经历；而克拉克在牙科手术中使用乙醚的做法，直到 1881 年才首次在一本医学教科书中被提及。朗不是公认的外科“麻醉之父”，不过后人为了表彰他的贡献，在华盛顿特区美国国会大厦前为他竖立了一尊雕像。

六十二岁那年，克劳福德·朗在把一个新生儿递给助手时突发中风去世。除了他，和麻醉发明有关的其他几人，结局都很悲惨。

霍勒斯·威尔斯由于一氧化二氮演示失败，屈辱地离开麻省总医院。抑郁之下，他抛妻弃子，搬到纽约，嗑氯仿上了瘾。1848 年 1 月 22 日晚上，威尔斯向一群妓女投掷硫酸，导致几人脸部严重烧伤。最终，威尔斯在监狱里自杀，死时嘴里塞着一条浸透氯仿的手帕，时年三十三岁。《乙醚日之怪奇故事：美国最伟大的医学发现和厄运缠身的发明人们》一书的作者朱莉·芬斯特写道："死在（纽约）'坟墓监狱'里的男人，嘴里塞着丝帕，头戴帽子，双目圆睁，是一个氯仿成瘾者；但在康涅狄格州，威尔斯是一个伟人。他愿以一死，为将二人混淆谢罪。"

威廉·莫顿忙着将自己的名气变现，穷尽一生为他发明的乙醚制剂 Letheon 申请专利，这种制剂由硫酸醚和橙油组成，橙油用来掩盖硫磺的气味。1846 年 10 月 27 日，他向美国专利局提交专利申请，被拒绝。整整二十年，莫顿四处跳脚，痛骂医疗机构欠他一大笔钱，他认为这是他应得的。最后，美国医学会对他予以了谴责。1868 年，莫顿乘坐马车穿过纽约中央公园时，跳下马车，一头扎进附近的湖里，晕了过去。他被送往圣卢克医院，几小时后去世——这是和麻醉发明有关的人里，第二位自杀身亡者。

查尔斯·杰克逊的结局也很凄惨，他就是建议威廉·莫顿在手术中使用乙醚代替一氧化二氮的那位化学家。他花了大半辈子说服同事，现代"麻醉之父"应该是他，而不是莫顿。有意思的是，杰克逊和塞缪尔·莫尔斯也争了一辈子，他声称，莫尔斯使用电报机实现远距离通信的点子是从他那儿剽窃的。为了留名青史，杰克逊给马萨诸塞州贝尔蒙特的麦克莱恩精神病院患者使用乙醚，认为乙醚麻醉剂可以治好精神错乱。最终，杰克逊疯了，自己被送进了麦克莱恩精神病院，在那里度过了人生的最后七年。

这边，美国医生在争论乙醚和一氧化二氮孰优孰劣，那边，欧洲医生选择了第三种麻醉剂——霍勒斯·威尔斯后来便死于这种麻醉剂。最终，这三种麻醉剂里只有一种沿用至今。

詹姆斯·杨·辛普森（James Young Simpson）在苏格兰爱丁堡学医，于1832年毕业。1940年代中期，辛普森已经在爱丁堡当上了助产学教授，和美国医生一样，他用乙醚帮助产妇缓解分娩痛苦。但是辛普森对现状不满足，他想要一种效力更强的麻醉剂——吸入愉悦、起效更快、醒来时不会引起呕吐。他选择了氯仿，一种氢、碳、氯混合物。

1847年11月4日，辛普森邀请他的两名助手詹姆斯·邓肯和乔治·基思，以及一些朋友共进晚餐，朋友里有一位皮特里小姐。餐后，辛普森让客人们吸闻各种挥发性气体，包括氯仿。邓肯和基思立刻昏倒在桌子底下，皮特里小姐在昏倒前一刻大呼："我是天使！我是天使！啊，我是天使！"

第二天，在没有做过动物试验或临床试验也没有获得联邦批准的情况下，辛普森给一名分娩异常痛苦的产妇使用了氯仿。"我用半茶匙液体打湿口袋巾，"辛普森回忆道，"放在她的口鼻上，让她睡了过去。大约二十分钟后，孩子出生了。她醒来对我说，这一觉睡得真舒服。"孩子的父母高兴坏了，给女儿起名安纳斯茜琪亚（即“麻醉”一词 Anesthesia 的音译）。1847 年 11 月 10 日，辛普森把这件事告诉了一些同事。十天后，他在一本医学期刊上描述了他使用氯仿的经历，声称氯仿比一氧化二氮的效力更强、更易使用，和乙醚相比，氯仿使患者进入昏迷状态的速度更快，且更不易燃。这下，整个医学界都知道了氯仿。

詹姆斯·杨·辛普森成了民族英雄。1853 年 4 月 7 日，英国首席麻醉师约翰·斯诺效仿辛普森，在维多利亚女王分娩利奥波德王子时给她使用了氯仿，在此之前，他只用过乙醚；四年后，女王再次使用氯仿诞下比阿特丽斯公主。“我要生下这个孩子，我要用氯仿。”女王坚持道。1866 年，由于对氯仿的研究，辛普森受封爵士，他的爵士勋章上写着“战胜痛苦”。（虽说约翰·斯诺是英国女王的御医，但他最出名的一件事应该是找出了 1853 年伦敦霍乱大流行的源头是受污染的水，这场霍乱导致上万人死亡。）

但是没过多久，氯仿的危险便显现出来。1848 年 1 月 28 日，距离辛普森描述他使用氯仿的经历两个月后，十五岁的汉娜·格林纳（Hannah Greener）接受了脚趾甲拔除术。外科医生梅吉森先生将氯仿倒在布上，贴近汉娜的鼻子。“我让她自然地吸气，”梅吉森回忆道，“过了大约半分钟，我发现她的手臂肌肉变得僵硬，呼吸有些加快。”三分钟后，汉娜·格林纳死亡。尸检显示她的肺部大量充血，可能是心脏受损所致。氯仿使她的心脏失去了正常跳动的能力。

汉娜是第一个死于氯仿的人，在她之后，又有许多人因氯仿身亡。到1848年底，医生新增报告了6起氯仿致死事件。接下去的十年里，又新增了50起死亡，包括布洛涅的一名年轻女子、海得拉巴的一名女子、里昂的两名年轻男子、到苏格兰探亲的一个澳大利亚人、美国海军的一名爱尔兰女子、威斯敏斯特的一个劳工、毛里求斯船上的一名炮兵、斯德哥尔摩的一位病人、苏格兰高地的一个男孩，以及英国、法国和德国医院里的其他各种病例。其中许多死者和汉娜·格林纳一样，都是在接受小型手术后身亡。到了1863年，共计100多人死于氯仿。

19世纪下半叶，医生有三种麻醉剂选择：一氧化二氮、乙醚和氯仿，每种都有各自的缺点。

乙醚非常安全，基本不会致人死亡。除了气味难闻以外，乙醚还有一个缺点，美国电视网两季迷你剧《尼克病院》以戏剧化的形式将这一缺点展现给电视观众。该剧讲述了1906年发生在纽约一家虚构医院里的故事。有一集里，外科医生（由本·利文斯顿饰演）在给气管钻孔（气管切开术）时着火身亡。他的整张脸在火焰中燃烧。这是非常戏剧性的一幕，对于许多观众来说，几乎难以置信。但是在手术室中因乙醚引起火灾致死的情况其实相当普遍。以下内容来自19世纪中叶医生的描述，向我们展示了在那个以火作为唯一光源的时代，使用这种高度易燃、易挥发的气体带来的问题：

- “在夜里对残缺不全的手指进行手术，油灯离开3英尺远（约91厘米），病人的嘴上捂着海绵，周身的空气中充满乙醚，一着，就烧到海绵、床单，甚至是病人的脸。”

●“我点燃一根蜡烛，为了看口腔内部看得更清楚些。我的助理将蜡烛拿在手里，距离手术位置至少半码（约 45 厘米）。接着出现了可怕的一幕。我刚用乙醚不到二十秒，突然之间，一团火焰从病人口中喷出，瞬间将我们三人包围。”

●“护士拿着蜡烛，距离病人嘴巴大约 2 英尺远（约 60 厘米），气体突然点燃，不论我还是任何其他目击者，都不可能忘记这个画面。病人看着就像在往外喷火，而他的头看起来完全笼罩在火光之中，事实也确实如此。”

再看一氧化二氮，易燃性没那么高，也不像乙醚会引起恶心和呕吐。一氧化二氮的问题在于，它的麻醉效力比较弱，患者必须吸入几乎 100%的纯一氧化二氮才能保持昏迷状态。这意味着患者在麻醉期间无法吸入任何氧气。因此，长时间的手术不能使用一氧化二氮，可能会造成病人永久性脑损伤。

诚然，乙醚和一氧化二氮有各自的缺点，但是整个 19 世纪和 20 世纪初，最危险的麻醉剂还是氯仿，它会造成心脏损伤和猝死，因此美国医生很少使用氯仿。事实上，氯仿在波士顿和费城是被医生禁用的。既然氯仿的风险更高，为什么欧洲人还用了几十年？最有可能的原因就是民族自豪感：氯仿在欧洲首度亮相，而一氧化二氮和乙醚则是在美国诞生。此外，女王接受氯仿麻醉诞下利奥波德王子和比阿特丽斯公主被当成一种骄傲大肆宣传，影响了整个国家。1865 年至 1920 年间，尽管约翰·斯诺已经明确证明乙醚才是更安全的选择，欧洲 80%至 90%的手术使用的麻醉剂依然是氯仿，而氯仿在美国极少使用。欧洲因氯仿死亡的人数持续增加，而这些人的死完全是可以避免的。

氯仿除了会致人猝死，还有另一个问题引起注意——它是强奸犯、杀人犯和窃贼的最爱。1862 年 10 月，据称玛丽·特拉弗斯在接受氯仿麻醉后被一位名叫威廉·王尔德的眼科医生强奸——他就是奥斯卡·王尔德的父亲。1891 年，托马斯·尼尔·克里姆博士用氯仿谋杀至少 6 名妇女的罪名成立，他是第一位被判此罪的医生。1893 年，在芝加哥世界博览会期间，第一位现代连环杀手 H. H. 霍姆斯被控使用氯仿犯下至少 27 起谋杀，实际数字可能多达 200 起。1900 年 9 月，莱斯大学创始人威廉·马什·莱斯之死被指可能与氯仿有关。1994 年 2 月，一名五十九岁的英国医生被控使用氯仿绑架并强奸一名十七岁少女。2007 年，辛辛那提一名男子供认自己使用了含有氯仿的电击枪对未成年人实施性侵。

尽管已有明确的证据表明，氯仿比一氧化二氮和乙醚更容易导致患者死亡，但是直到一战结束，詹姆斯·杨·辛普森都一直在推广氯仿。一战结束后，欧洲开始全面使用乙醚，不过乙醚和氯仿一样，最终退出了历史舞台。1979 年 12 月 20 日，乙醚最后一次在麻省总医院使用。1980 年代初，乙醚在美国彻底停用。只有一氧化二氮偶尔会被牙医用作局麻的补充，实现了看似不可能的完胜——三者中第一个问世，也是仅剩的一种仍在使用的麻醉剂。

乙醚、一氧化二氮和氯仿都曾被用于消遣娱乐，不过最容易让人上瘾的是第一款局部麻醉剂。

几个世纪以来，人们一直知道咀嚼古柯叶后，口腔、嘴唇和舌头会麻痹。1858 年，阿尔伯特·尼曼成功提纯了这种物质并命名为可卡因。直到后来，年轻的维也纳眼科医生卡尔·科勒有一次将少量可卡因放在舌头上，惊觉其致麻性之全面，才开始将可卡因用作医疗用途。

科勒将液态可卡因滴入青蛙的眼睛进行测试。他先用手触摸青蛙的角膜，青蛙没有反应；用针划过角膜，没反应；再用电流刺激角膜，用硝酸银烧灼角膜，还是没有任何反应。青蛙完全醒着，却没有一丝抽搐。科勒迈出了下一步，他将液态可卡因滴入自己的眼睛，然后用大头针戳了戳角膜，和青蛙一样，科勒没有任何感觉。

1884 年 9 月 11 日，卡尔·科勒成功使用可卡因替一名青光眼患者进行了角膜手术。局部麻醉就此诞生。有了局部止痛，一些患者便不再需要遭受全身麻醉带来的潜在危害。同年，由弗里德里希·雅各布·默克在德国达姆施塔特成立的制药公司将可卡因分发给医生进行测试。其中一位医生是卡尔·科勒的好友，和科勒毕业于维也纳同一所医学院，他就是西格蒙德·弗洛伊德。

弗洛伊德将可卡因作为药物，给一名左手大拇指受伤后持续剧烈疼痛的男子使用。当时这位病人已经对吗啡上瘾，弗洛伊德让他换用可卡因。在弗洛伊德的无心帮助下，这位病人对可卡因上了瘾。弗洛伊德是第一个将可卡因用于外科手术以外的医生，而且直到他去世前，持续推荐成瘾者将吗啡换成可卡因。

推广可卡因作为局部麻醉剂使用最著名的医生是巴尔的摩约翰·霍普金斯医院的创始人之一威廉·霍尔斯特德。霍尔斯特德是在手术室使用橡胶手套的第一人，他尝试将可卡因用作区域和局部麻醉的神经阻滞剂。不幸的是，他对可卡因上了瘾，无可救药。（电视剧《尼克病院》的主角约翰·萨克里博士一角便是基于威廉·霍尔斯特德的生平创作，由克里夫·欧文饰演，萨克里同样对可卡因上瘾。）当时，可卡因的成瘾性还没有被发现，而随着这一特性显现，可卡因的医疗用途也到了头，后来在 1940 年代被利多卡因等非成瘾性局部麻醉剂取代。

20 世纪迎来了全身麻醉的革命。1929 年，环丙烷问世。环丙烷和一氧化二氮、乙醚及氯仿一样，是一种气体吸入麻醉剂，但是没有这三者的副作用。同年，首个静脉麻醉剂阿米妥钠问世，在这之后又诞生了一系列其他重要发明：全身麻醉剂，比如 1932 年诞生的六巴比妥、1934 年硫喷妥钠、1952 年氟辛、1958 年氟烷，还有后面一大堆其他的氟化碳氢化合物（又称氟化烃），如 1960 年诞生的甲氧氟醚、1971 年安氟醚、1975 年七氟醚、1979 年异氟醚和 1992 年地氟醚，总体而言越来越安全、越来越好；肌肉松弛剂，比如 1939 年问世的箭毒和 1949 年的琥珀胆碱，有了肌松剂，麻醉师能够在手术期间更轻松地控制肌肉，减少多余的肌肉活动；呼吸管和呼吸机，比如发明于 1952 年的正压呼吸机，有了它们，麻醉师便能够控制患者的呼吸；还有 1977 年问世的异丙酚等短效麻醉剂，帮助麻醉师诱导快速、短效的麻醉。

霍勒斯·威尔斯、威廉·莫顿、查尔斯·杰克逊、约翰·柯林斯·沃伦、詹姆斯·杨·辛普森、约翰·斯诺要是看到现在的麻醉，肯定认不出来。以前通过浸湿的布或海绵给患者吸入单一麻醉剂，如今换成了各种针头和一整套药物，药物的功能各不相同，包括镇痛、麻醉、失忆和肌松。以前，医生在手术中需要用手指全程测量患者脉搏，如今取而代之的是各种发出哔哔声、闪着灯的监护仪，显示患者的心率、心律、呼吸频率和血压。尽管如此，全身麻醉导致死亡的可能性仍然存在。

1982 年 4 月 22 日，美国广播公司《20/20》节目播出了一档名为“深睡”的栏目，开头是一段令人发怵的警示：“麻醉如同一次漫长旅行，能不做，就别做。大多数情况下，全身麻醉是安全的，但是由于人为错误、粗心大意和麻醉师的严重短缺，危险依然存在。”栏目声称，美国每年进行 2000 万台手术，其中有 6000 名美国人因全身麻醉死亡或遭受永久性脑损伤。如果这个数据准确，那意味着当时的麻醉致死或致永久性损伤率约为三千三百三十三分之一。如今，随着全身麻醉剂和辅助药物的进步，术后死亡或永久性损伤率下降至约十万分之一，比三千三百三十三分之一已经好得多，但也不是零。完美的麻醉剂尚未诞生。或许最令人惊讶的是，尽管麻醉剂已经问世一百五十多年，它的确切作用机制依然是个谜。

在“冒险”这一部分的最后，我还想提出这样一种思考方式：想象你正在穿过一片树林，面前出现陡峭狭窄的峡谷。峡谷上架着一座通向对面的桥。你知道这座桥很老且年久失修，同时你也知道，几百万人已经平安地过了桥。

这个类比适用于多种医疗决定：人们选择全身麻醉进行手术，尽管每年美国每10万人里有1人死于麻醉；人们选择用磺胺等抗生素治疗各类细菌感染，尽管每10万人里有3人会发生严重甚至偶尔致命的过敏反应；人们选择接种疫苗，尽管每接种140万剂约会发生1例严重的即时过敏反应，需要注射肾上腺素进行治疗。

大多数人做决定时并没有意识到这些已知的风险，但是不论他们有没有意识到，麻醉、抗生素和疫苗带来的益处显然超过了风险，所以做出选择很容易。

第二种情况，你来到峡谷，知道面前这座桥很老且年久失修，但不知道它能不能支撑你安全过桥。之前走过这座桥的人寥寥无几，甚至可能从未有人走过。你还知道，再往前大约3英里处有另一座桥，那座桥很结实，而且最近刚刚有人走过。

这个类比适用于另一类医疗决定。例如，需要频繁输血或使用血液制品的人（像是镰状细胞病或血友病患者）可能会选择等一等，等到更多人用过了人造血，再给自己或孩子尝试。现阶段，他们选择步行至下一座有人走过的桥，尽管这意味着他们始终面临血液中含有病原体的风险——这些病原体不在血液筛查清单上，有些已知，有些未知。

还有第三种情况，你来到峡谷，知道面前这座桥很老且年久失修，不知道它能不能支撑你安全过桥，但是现在后面有一头狮子在追你，你没有时间赶去下一座桥了。

这个类比适用于第三类医疗决定。路易斯·沃什坎斯基和菲利普·布莱伯格的主治外科医生克里斯蒂安·巴纳德曾说，他们的身后有狮子在追赶，如果不做心脏移植，他们很快就会死去——移植至少可以延长生命。如今，心脏移植等待名单上命不久矣的那群人，最有可能第一批接受猪心移植，因为他们害怕，自己会成为每年在等待中死去的1300人里的其中一个。

归根结底，人们应该利用一切可用的信息，做出最明智、最清醒、最冷静的决定，同时了解到，在不确定的情况下做出的决定很有可能是错误的。所有选择，哪怕是最简单的选择，都伴随着风险。

第二部

监　督

2020年正值美国总统大选年，当时有几股力量影响着新冠疫苗的开发。唐纳德·特朗普总统承诺在选举日11月3日前推出新冠疫苗，但是每种在研疫苗都有3万多名临床试验参与者，要在那个时间点之前完成所有大型临床试验几乎没有可能。特朗普政府还言之凿凿地表示，如果新冠疫苗没能及时上市，他们要"绕过FDA"。此前，特朗普政府曾多次将政府意志强加给科学机构：坚持要求环境保护署在网站上删除"气候变化"一词；要求国家气象局的上级机构国家海洋和大气管理局给予背书，支持政府所谓飓风多里安侵袭亚拉巴马州的说辞，而实际上亚拉巴马州并没有受灾；要求FDA批准使用羟氯喹治疗新冠病毒感染，尽管没有任何证据显示这一药物有效，并且已知它会引起心脏问题。在政府的压力下，FDA以"紧急使用授权"机制迅速批准了羟氯喹——新冠疫苗也将在不久后通过这一闪电速度的机制获得批准。

新冠疫苗可能没有经过FDA的充分审查，却即将上市，这引发了众人忧虑。众议院能源和商业委员会、众议院监督和改革委员会以及参议院卫生、教育、劳工和养老金委员会召开听证会，坚决要求FDA局长斯蒂芬·哈恩博士顶住政府压力，不能批准未经充分测试的疫苗（我不得不在其中一场听证会上作证）。接着，一项法案被提交至国会，要求FDA在批准疫苗前必须听取疫苗咨询委员会的建议。另有数百名知名研究人员签署联名信，恳请哈恩局长做正确的事。

于是哈恩局长在《华盛顿邮报》和《美国医学会杂志》上发表观点文章，坚称他只会在新冠疫苗被证明安全有效并且获得

FDA疫苗咨询委员会的认可后才予以批准（我是该委员会成员）。哈恩的表态起到了稳定人心的作用，但是政府内外的许多人依然担忧事情的发展走向。

羟氯喹无法治疗或预防新冠病毒感染，又不安全，FDA予以了批准；新冠康复者恢复期血浆疗法同样没有有效性证明，FDA也予以了批准。媒体和公众因此担忧，FDA不是在保护美国人民、防止潜在的不安全或无效药品侵害民众健康，而是在看政府的眼色行事。

公众对FDA的信任不再，乱局随即上演。2020年底，由非裔美国医生组成的全国医学协会表示，他们将成立自己的委员会为协会成员提供建议，不再理会FDA的建议。若干个州纷纷效仿，宣布成立本州专家委员会。几家制药公司给美国民众写了一封联合公开信，声明他们只会在疫苗的安全有效性被证明之后才推出产品。至此，公众对FDA的不信任走到了逻辑崩坏的终点。本质上，这些公司是在说："虽然我们知道你们不信任FDA会好好监管我们，但是你们可以信任我们哦。"

人们之所以如此害怕新冠疫苗逃脱联邦监督，皆源于一个原因——历史教训。联邦机构或专业协会实行监督的目的是避免人为操作中极易出现的错误、失实陈述、故意无视、贪婪和欺诈。事实上，正如读者将在随后几章中读到的，每一部规范制药行业的法律都基于一场重大悲剧。"药品监管史，"历史学家迈克尔·哈里斯写道，"书写在一座座墓碑之上。"如果美国民众不再相信FDA能够有力监管制药行业，我们的国家就麻烦了。

第四章

“吉姆”：生物制品

1901 年 10 月 19 日，周日

“10 月 19 日，贝克夫人喊我去给她的女儿贝西看病，孩子得了严重的白喉。”密苏里州圣路易斯的 R.C. 哈里斯博士回忆道，“我按照常用剂量给小女孩注射了抗毒素。”白喉抗毒素已经上市数年，挽救了众多白喉患者的生命，它的价值毋庸置疑。哈里斯也给贝西的妹妹和弟弟注射了抗血清。“这类预防措施很常见，我给两个更小的孩子也注射了一定剂量的抗毒素。”哈里斯说，“三四天后，小女孩贝西的情况明显好转，我断定她已经脱离危险，很快就能完全康复。”

10 月 26 日，周日

一周后，贝克家的情况变得糟糕。哈里斯说：“我正吃着甜点，被紧急叫去贝克夫人家，发现小女孩得了破伤风。我什么也做不了，注射的毒素已经遍及全身，无力回天。”

10月27日，周一

“（贝西）于周一中午去世。”哈里斯哀叹道，“在她去世前，第二个孩子梅也出现了可怕疾病的症状。我又被叫了过去，但还是什么也做不了。”贝西四岁的妹妹梅·贝克也在半夜死于破伤风。

10月29日，周三

贝西两岁的弟弟弗兰基出现了破伤风症状。“他残喘到周二半夜，”哈里斯说，“周三早晨我又上门去看，发现第三个孩子也出现了疾病症状。我害怕他也会死，他的情况显然非常危急。”不过弗兰基活了下来。

不止贝克家的孩子死于破伤风。10月29日同一天，M. 戈汉德博士报告了一起儿童死亡，死者名叫雅各布·圣托里奥，十一岁。

到11月7日，圣路易斯已经有13名儿童相继死亡：维罗妮卡·基南，五岁；艾格尼丝·阿黛尔·基南，七岁；玛米·基南，十岁；弗兰克·诺瓦克，三岁；艾蒂·西蒙，五岁；艾克·斯坦，四岁；弗洛拉·弗斯特，八岁；艾玛·玛丽恩·斯特，四岁；查尔斯·赛特隆，十一岁；贝西·贝克，六岁；梅·贝克，四岁；雅各布·圣托里奥，十一岁；内蒂·卡默曼，年龄不详。

这些死去的孩子有几个共同特征：其中好几人患有白喉，但这不是死因；相反，所有孩子都死于破伤风。他们都接受过白喉抗血清治疗，用的是同一批血清，源自同一个地方——圣路易斯卫生局，标签上标有“1901 年 8 月 24 日”字样。这批抗血清采自一匹名叫“吉姆”（Jim）的马。

20 世纪初，白喉是出了名的儿童窒息死亡病因，通常经咳嗽、打喷嚏甚至说话人际传播。与感染者接触几天后，症状开始显现，起初症状轻微，伴有烦躁、活动减少和低烧，然后疾病迅速发展，颌下淋巴结明显肿胀，好似“牛颈”，触目惊心。随着颈部肿胀，白喉的标志性特征出现——咽喉覆盖一层厚厚的、如皮革般坚韧的灰膜，有时延伸至气管。（“白喉”的英文 diphtheria 一词源自古希腊语，意为“皮革”。）想要剥下这层膜，几乎不可能不伤到气管内壁。有时医生会做气管切开术挽救患者生命，但是大多数情况下，还没来得及做气管切开术，黏膜就已将气道完全阻塞，患者如同被枕头闷死。窒息并不是唯一的死法。当白喉产生的毒素影响心肌，会导致患儿休克，而当它影响神经时，则会导致患儿瘫痪。诊断白喉并不困难，因为它的症状独一无二。

在贝西・贝克和圣路易斯的孩子们感染白喉的 1901 年，抗生素尚未问世，但是多亏二十年前法国和德国研究人员的一系列发现，白喉可以通过白喉抗血清进行治疗。

1883 年，埃德温・克莱布斯从一名白喉患儿的喉咙里分离出一种细菌。1884 年，弗里德里希・吕弗勒在实验室中成功培育出这种细菌，并将它命名为白喉棒状杆菌。但是有一件事情说不通：除了喉部以外，吕弗勒没有在患者的任何其他身体部位发现白喉细菌，既然白喉细菌始终只存在于喉部，它又是怎么影响到心脏和神经的呢？

1888年，埃米尔·鲁和亚历山大·耶尔森找到了答案。他们发现，白喉细菌会产生毒物（毒素），毒素从喉部传播到身体其他部位。动物注射了提纯毒素会和人类一样出现心脏和神经症状。

1890年，一位名叫埃米尔·冯·贝林的德国科学家取得进展，这一进展在不久后挽救了感染者的生命。贝林给不同的动物注射白喉毒素，从豚鼠开始，再到狗、山羊、马和绵羊。他发现，动物在注射毒素后，血液中会产生一种物质（称为抗毒素或抗血清）中和毒素的作用。在贝林开展这项研究的1886年至1888年间，德意志帝国累计发生4万多例白喉病例，其中1万人死亡。随着贝林证明他发现的抗血清能够治疗白喉，到1894年9月，白喉的死亡率下降了50%。

1901年10月30日，在圣路易斯悲剧发生的当年当月，位于斯德哥尔摩的诺贝尔委员会将历史上首个诺贝尔生理学或医学奖授予埃米尔·冯·贝林，以表彰他“在血清疗法方面的工作，尤其是血清疗法在白喉上的应用”。颁奖典礼纪念了阿尔弗雷德·诺贝尔逝世五周年，在瑞典皇家音乐学院大礼堂举行，出席者包括瑞典王室成员，政府大臣以及文学、科学和艺术领域的领军人物。当年，诺贝尔奖尚未达到如今的国际盛誉，但是包括《柳叶刀》《自然》《科学》和《科学美国人》在内的所有主流医学期刊和杂志都阐述了这一奖项的重要性。然而，没有人提到最近发生在圣路易斯的事。

1894 年 8 月，圣路易斯悲剧发生七年前，德国赫斯特公司开始生产白喉抗血清，这是第一家生产白喉抗血清的大型制药公司。到了 1896 年，底特律的帕克-戴维斯公司（Parke, Davis & Co.）和费城的马尔福德公司（H. K. Mulford）也开始生产白喉抗血清。1990 年代末，至少有 5 家制药公司在生产白喉抗血清，除了制药公司以外，纽约市卫生局和圣路易斯卫生局也制造抗血清，各家采用的制造方式相同。

科学家们首先在实验室中培育出白喉细菌，然后将毒素从细菌中分离提纯，再给马注射毒素。马的血液中产生毒素抗体之后，研究人员将其放血，等血凝固，只取血清，再给豚鼠注射白喉毒素和各种稀释比例的抗血清，以测试抗血清的效力，最后只将高效能的抗血清提供给大众。最重要的是，每批抗毒素都经过豚鼠注射的步骤，确保其中不含破伤风细菌，因为马会得破伤风（地球上的所有哺乳动物，都会得这种疾病）。

破伤风和白喉一样，由细菌（破伤风梭菌）引起，但是两者的不同点是，破伤风并非通过人际传播，而是经由含破伤风梭菌孢子的土壤感染划伤、割伤或烧伤伤口所致。破伤风细菌进入人体后，会像白喉一样产生一种强大的毒素，引起疼痛不堪的肌肉收缩，有时患者连嘴巴都张不开（因此该疾病俗称“锁口风”）。

感染者还会出现癫痫、吞咽困难以及血压和心率变化，任何声光刺激都会立刻引发剧烈的肌肉痉挛。当破伤风毒素影响到声带或呼吸所需的肌肉时，患者便不得不接受气管插管，接上呼吸机。

好消息是破伤风非隐匿性疾病。如果用于制造白喉抗血清的马患有破伤风，症状将非常明显，所有从病马身上提取的抗血清会被即刻丢弃。

圣路易斯抗血清生产设施于1895年9月启用，是一个低成本低投入的项目，组成成员包括一位名叫阿曼德·拉沃尔德的兼职细菌学家、一位名叫亨利·泰勒的“门卫”和一匹体重1600磅（约726千克）名叫吉姆的前救护车拉车马，吉姆在退役后被送到该设施所在的济贫院。三年里，吉姆一共产出超过7加仑①抗毒素，圣路易斯的白喉死亡率也相应从35%下降到了6%。1901年8月24日，吉姆产出了2夸脱②抗血清，被分装成200小瓶分发给全市医生。

9月30日，拉沃尔德给吉姆放血，做新一批抗血清，但是三天后，10月2日，吉姆得了破伤风，随即被扑杀。据推断，产于9月30日的抗血清已经受到破伤风毒素污染，因此未作进一步检测即被丢弃。所幸圣路易斯的孩子们接种的是产于8月24日的抗血清，远远早于吉姆感染破伤风的时间，而且那批抗血清在分发前做过全套破伤风毒素测试，因此不论怎么看，都是绝对安

---

① 1美制加仑约等于3.785升。——译者
② 1美制夸脱约等于0.946升。——译者

全的。

拉沃尔德得知了破伤风致死病例，悲痛欲绝。“我不敢去想，”他说，“我用工作填满脑子。如果不这样做，我会发疯。我做这项工作，几乎每一天都在拯救生命，我全身心地投入其中，努力让孩子免于痛苦和死亡。现在出了这么可怕的事，太恐怖了，我完全想不明白这是怎么发生的。”他确信，8 月 24 日的抗血清和这件事情无关，因为采集时间远早于吉姆出现破伤风症状，而且豚鼠也注射了抗血清，证明其中不含破伤风毒素。此外，9 月 30 日的抗血清由于可能受到破伤风毒素污染，已经被丢弃。

圣路易斯卫生专员斯塔克洛夫博士和拉沃尔德一样，坚信不可能是8 月 24 日的抗血清导致死亡。他担心市民对抗毒素产生毫无根据的恐惧。“无论致死原因是什么，”他说，“都不会是因为血清疗法。它依然是目前治疗白喉最有效的方法，我非常担心那些没有思考能力、无知的人一听到抗毒素就开始瑟瑟发抖，那么医生（将）很难使用这一疗法。”斯塔克洛夫又解释了做安全测试时，致使豚鼠死亡只需要多么少量的破伤风毒素。“（大约）0.00000005 克，”他说，“量小到超出人的理解范围。”8 月 24 日的抗毒素至少在十几只豚鼠身上进行过测试，鉴于测试的高敏感性，这批抗血清绝对不可能含有破伤风毒素。

斯塔克洛夫对死亡事件发生后公众如何看待白喉抗毒素的担心不无道理。芝加哥卫生部不久前在每周公报中发布了一则声明，称白喉的死亡率上升了超过 30％，这都是因为人们被圣路易斯惨剧吓坏了。

1901年12月17日，圣路易斯破伤风调查委员会约谈阿曼德·拉沃尔德博士。拉沃尔德坚称，他和亨利·泰勒——报纸上称他为“有色人种门卫”在9月30日吉姆死去之后便丢弃了那批血清。拉沃尔德和泰勒都坚称，8月24日和9月30日的两批抗血清没有混在一起，但是在“威尔斯市长下令侦探长与泰勒密谈”之后，泰勒的说辞发生了变化。泰勒回到证人席，承认他将8月24日的抗血清与9月30日的抗血清混在了一起，他以为后者很安全，而且8月24日的那批抗血清快用完了。换句话说，虽然抗血清上标注的是“8月24日”，但是医生们拿到的抗血清里实际上也包括产于9月30日被破伤风细菌污染的批次。

1902年2月13日，破伤风调查委员会做出裁定：13个孩子都死于9月30日采集的抗血清；亨利·泰勒对这批血清具有毒性不知情；阿曼德·拉沃尔德未能确保销毁受污染的抗血清，存在失职。两人都将被卫生部解雇。拉沃尔德为同事说情。“泰勒已经六十五岁了，为人诚实守信，不应该要求他有能力处理办公室的专业事务，”拉沃尔德说，“他只是个好仆人，这么辞退他，他的日子会很难过。”

拉沃尔德继续作为细菌学家发展，职业生涯取得了杰出成就，后来成为圣路易斯医学会主席。他于1942年去世，享年八十三岁，他的讣告中没有提到四十年前发生的那场悲剧。拉沃尔德的反对没起作用，亨利·泰勒被圣路易斯卫生部开除，后来他找到了工作，在餐厅当服务员以及提供餐饮服务。1907 年 6 月 6 日，泰勒死于肾病和癌症。他的死亡证明签署人是阿曼德·拉沃尔德。

新泽西州卡姆登也发生了一起类似圣路易斯的惨剧——9 名儿童死于被破伤风细菌污染的天花疫苗，这两场惨剧激起了全国的强烈抗议，公众坚决要求制药公司和卫生机构遵循更严格的生产和测试标准。

因此，1902 年 7 月 1 日，西奥多·罗斯福总统签署《生物制品控制法》，也称为《病毒毒素法》。所有疫苗、血清和抗毒素制造商都必须接受检查（可以不予通知突击检查），每年获取许可证。产品标签上必须清楚地注明产品名称、许可证号和有效期，生产的各个环节必须由具备资质的科学家监督。违规行为可导致最高 500 美元的罚款和最长一年的监禁。政府指派公共卫生服务部卫生实验室负责监督。1930 年，卫生实验室更名为国立卫生研究所；随着更多研究所的成立和并入，1948 年，该机构更名为国立卫生研究院。1972 年，生物制品的监管职责转至食品药品监督管理局（FDA）。

1940 年代，通过化学物质令白喉毒素失活制成的白喉疫苗问世。人体注射疫苗后，灭活的毒素在血液中激发产生大量抗毒素，也就是说，让人体自己制造抗毒素，不再需要依靠马。白喉因而几乎在美国根除。1980 年至 2014 年间，报告的病例只有 57

例。自 1997 年 1 月 6 日起，白喉抗血清不再市售。白喉抗血清及其发明者基本已被人们遗忘，唯独有一则儿童故事广为流传。

1925 年 1 月，雪橇犬拉车疾驰 700 英里（约 1126 公里），将白喉抗血清从尼纳纳运至阿拉斯加诺姆，及时避免了一场白喉流行。当年年底，纽约中央公园竖立起一座领头犬巴托的雕像。始于 1973 年、一年一度的艾迪塔罗德狗拉雪橇比赛便是为了纪念这次英勇的旅途。1995 年，著名动画片《雪地灵犬》（*Balto*）一经推出便成为家庭最爱电影。

第五章

琼·玛拉尔：抗生素

1937 年 9 月 26 日，六岁的琼·玛拉尔（Joan Marlar）被她的家庭医生洛根·斯潘诊断出链球菌性咽喉炎。斯潘给女孩开了磺胺，这是一种新型突破性抗生素。在接下去的九天里，琼出现犯恶心、呕吐、胃痛症状，肾脏停止工作，她变得极度虚弱，陷入了昏迷。10 月 5 日，小琼·玛拉尔在塔尔萨晨边医院死于肾衰竭，医生判断死因是链球菌感染肾脏。两个月后，1937 年 11 月 8 日，梅斯·尼迪弗给富兰克林·德拉诺·罗斯福总统写了一封信，现在她终于弄清楚了女儿的死因。

尊敬的总统先生：

两个月前，我和我的两个小女儿——六岁的琼和九岁的珍幸福地生活在一起。萧条时期，我们总是说，幸好一家人身体健康，相互依偎。琼觉得妈妈不论说什么做什么都是对的。去年 11 月，我们在收音机里听到您连任的消息，她激动地又跳又叫，如果您能看到，一定会很开心。

罗斯福先生，今夜，我们再也听不到那个稚嫩的声音了。那是我第一次给她请医生，医生处方了磺胺酏剂。今夜，我们的小家充满凄凉和绝望，我们能做的唯有守护那一方小小的坟茔。对琼的回忆裹挟着悲伤，我们眼前仿佛还能看见她小小的身躯来回翻滚，耳边还能听到她痛苦的尖叫，我觉得自己快要疯了。在她生病的九天里，我们在床边日夜守护，她的眼神始终呆滞无光，只恢复过一次神志。珍和我恳求她看看我们，认出我们。她的脸上露出笑容，和我们一起大笑起来，但是转瞬即逝，后来她再也没有笑过，再也认不得我们了。

罗斯福总统，我知道您有孙辈。今夜，当您和他们相聚在一起，我恳求您，采取措施，禁止销售这种药物，别让它夺走更多孩子的生命，再造成如同我今夜这般巨大的痛苦和对未来的绝望。

我相信您，因此给您写信，希望您能理解我正在遭受的痛苦，哪怕只有一丁点，并采取措施，防止这种悲剧继续发生，我知道，还有其他和我家一样心碎的家庭。

“试着想想，虽然她没了，但是其他人可能活了下来。”事情没有发生在自己身上，说出这种话当然容易。

在此附上我日夜悼念的孩子的遗照。

谢谢您，您诚挚的

梅斯·尼迪弗（女士）

埃莉诺·罗斯福给丈夫念了这封信，并把信给到了媒体。一场巨大的悲剧惨痛来袭，琼·玛拉尔是最早的一批受害者。

梅斯·尼迪弗确信，害死女儿的正是磺胺酏剂，这实在出乎意料，因为就在几年前，磺胺还被誉为治疗多种细菌感染的“灵丹妙药”。

磺胺源自德国染料业，制造商法本公司（IG Farben）是当时全球最大的化学和制药公司。1930年代，法本公司因发明首个抗生素荣获诺贝尔奖，受到全球广泛赞誉。后来，该公司因雇用集中营奴工（包括来自奥斯威辛集中营的3万名囚犯）和制造氰化物化学药剂齐克隆-B（在犹太人大屠杀期间杀害超过100万人）受到全世界的谴责。

一家生产染料的公司竟能发明出救命的抗生素，这要归功于德国医生兼科学家保罗·埃尔利希的一个点子。埃尔利希发明过上千种染料，他发现，有一些染料只着色人体细胞，有一些只着色细菌。他推测，如果将只着色细菌的染料和有毒物质结合，就可以在不伤及人体细胞的情况下杀死细菌。格哈德·多马克（Gerhard Domagk）将埃尔利希的梦想变成了现实。

1915年，多马克离开基尔大学加入德军医疗队，前往苏联前线服役。战争结束时，和他一起服役的33个大学生里只剩3个人还活着。1927年8月，多马克加入法本公司的研究团队。

战争期间，多马克见识到人们面对伤口感染的束手无策，感到大为震惊。在埃尔利希的启发下，他将一种鲜红色的细菌着色染料与一种名叫磺胺的药物结合。多马克认为，磺胺能够杀死链球菌——全世界最致命的细菌之一。他在苏联前线目睹的致命伤口感染基本都是由链球菌引起。最终的产品叫做百浪多息(Prontosil)，法本公司于1932年圣诞节为该产品申请了专利。多马克发现，感染了链球菌的小鼠通常会在一两天内死亡，但是经过百浪多息的治疗，小鼠能够继续存活。1933年，杜塞尔多夫的一名医生开出了第一张百浪多息处方，挽救一个得了败血症（链球菌引起的严重血液感染）的孩子。不久后，百浪多息对于多马克又多了一层重要的个人意义。

1935年12月4日，多马克年幼的女儿在制作圣诞礼物时，不小心被针扎破了手。第二天，她的手和腋下淋巴腺肿大，发热头晕，陷入了重病。多马克用棉签蘸取从女儿手上渗出的脓液，发现其中充斥着链球菌，这使他想起了战争期间目睹的可怕场景。“我征求了主治大夫的意见，得到允许以后给她用了百浪多息。”多马克回忆道。第二天，孩子的烧退了，多马克的女儿得救了。

次年，美国人将见证磺胺奇迹。1936年12月，富兰克林·德拉诺·罗斯福总统的儿子因重度鼻窦炎恶化住进了波士顿麻省总医院。医生为了挽救他的生命使出的最后一招就是磺胺。《纽约时报》以“新药拯救小罗斯福”为标题，对小罗斯福的完全康复进行了报道。《时代》杂志称磺胺为“1930年代最重大的医学发现”。

1939年，格哈德·多马克因“发现百浪多息的抗菌活性”获得诺贝尔医学奖。阿道夫·希特勒禁止他去瑞典领奖。1936年，诺贝尔委员会授予一位名叫卡尔·冯·奥西茨基的德国人诺贝尔和平奖，这激怒了希特勒。奥西茨基是反法西斯和平主义者，希特勒把他关进了集中营。于是希特勒颁布法令，禁止任何德国人领取诺贝尔奖。多马克不知如何是好，便给诺贝尔委员会写了一封信，解释他的两难境地，但是他犯了一个错误，没有在寄信之前请示德国当局，给自己惹上了祸端。1938年11月17日，盖世太保特工持械闯入多马克家中，粗暴地把他带走，关进了伍珀塔尔警察局的单人牢房。多马克被囚禁的当晚，一名看守问他为什么被关。“因为我得了诺贝尔奖。”多马克回答。那晚，这名看守告诉另一名看守：“那间牢房里关着一个疯子。”由于希特勒的压迫，多马克不得不放弃领奖，直到几年后才领到奖章和证书。

法本公司的科学家后来发现，磺胺即使不和染料结合也能发挥作用，于是百浪多息被纯磺胺取代。（考虑到百浪多息中的染料偶尔会令服用者的皮肤变成“龙虾红”，这一改进受到了欢迎。）接下去的几年里，医生们发现，除了链球菌以外，磺胺还能杀死多种其他细菌，包括肺炎、淋病、败血症、脑膜炎、痢疾以及肾脏和膀胱感染的致病细菌。据估算，截至1942年，磺胺每年挽救了25000名患者的生命，这还单单是肺炎患者，脑膜炎的死亡率从90%下降到10%。

任何有效的药物都有副作用，磺胺也一样。1937年7月31日，琼·玛拉尔去世前不到两个月，《美国医学会杂志》发表社论，警告磺胺的滥用现象；药房柜台销售磺胺十分普遍。磺胺已经被证实会引起皮炎（皮肤发炎）、光敏化（对阳光敏感引起的皮疹）、粒细胞缺乏症（抵御感染的白细胞减少）和高铁血红蛋白血症（血红蛋白功能失调，影响带氧功能，可致命）。琼·玛拉尔去世后，一些医生怀疑，磺胺还有先前没有报告的致命副作用。莫非这个救命药还会引起肾衰竭和死亡？

1937 年 10 月 9 日，星期六，琼·玛拉尔去世四天后，多名医生忧心忡忡地给美国医学会（AMA）发电报："我们注意到至少 6 人在服用磺胺后死亡。"十天里，俄克拉荷马州的石油小镇塔尔萨有 6 名儿童相继死亡，他们全都患有链球菌性喉炎，最初都被诊断为链球菌引起的肾衰竭，并且都服用了田纳西州布里斯托尔麦森吉尔公司生产的磺胺酏剂。两岁的博比·萨默喝了不到三汤匙的药就开始呕吐、血尿、腹部肿胀，陷入昏迷，最终死亡。第二天，十一个月大的玛丽·沃特斯和八岁的小杰克·金死于相同症状。很快，又有 3 个孩子死亡——五岁的桑尼·沃克福德、六岁的迈克尔·希恩和六岁的琼·玛拉尔。

AMA 药学和化学委员会秘书保罗·里奇博士在电报中回复道："望收到死亡病例的完整详细信息。若有本办公室可进一步提供协助之处，敬请告知。"从塔尔萨医生不给 FDA 发电报，而是发给 AMA 这点上就能看出，1937 年美国的药品监督状况有多糟糕。药品监管不能说没有，但是和没有也差不了多少。唯一的监督（如果这称得上监督的话）来自 AMA 下属药学和化学委员会，这一部门成立于1905年，负责检测在美国销售的药物成分。至于提不提交检测则完全出于公司自愿。如果制药公司想的话，他们不需要满足任何安全、有效性或良好生产规范标准，便可销售产品，也无需在说明书上列明药物成分。

10月10日，星期天，塔尔萨众医生发出电报的第二天，塔尔萨县医学会主席詹姆斯·史蒂文森博士给AMA发去第二封电报："许多病例完全无尿，伴随尿毒症。塔尔萨县医学会将在周一晚上开会。希望立即收到尽可能多的信息。请给我发电报或打电话，费用由我承担。"无尿的意思是患者无法排尿，这是肾功能衰竭的征兆。尿毒症指的是肾脏衰竭时血液中积累有毒物质。史蒂文森想知道药学和化学委员会对磺胺酏剂的检测结果，药瓶里装的究竟是什么？他怀疑，链球菌引起肾衰竭的诊断有误，他也十分担忧，同事们在塔尔萨观察到的其实是大规模汞中毒。史蒂文森知道一些医疗产品中含汞，汞曾被用于治疗梅毒；他还知道汞会导致肾衰竭。里奇的回复令人灰心："药学和化学委员会未曾收到过麦森吉尔公司的产品。"麦森吉尔从未将磺胺酏剂提交到AMA进行检测，他们也无需这样做。只有麦森吉尔公司清楚药瓶里装的是什么。

1937年秋天，生产磺胺的制药公司不止麦森吉尔一家，默沙东、施贵宝、温斯洛普化学公司和帕克-戴维斯公司也在生产，这些厂家的产品是粉末或片剂，而麦森吉尔生产的是液体。磺胺其实很难溶解，麦森吉尔解决了这个问题，制作出更方便儿童使用的酏剂。默沙东、施贵宝、温斯洛普化学和帕克-戴维斯都是先将产品送至 AMA 检测分析，再开始销售，麦森吉尔没有送检。史蒂文森若想了解磺胺酏剂的成分，唯一的途径是麦森吉尔主动提供信息，而公司没有法律义务这么做，哪怕出现了药物疑似引起集体中毒的情况。

10 月 11 日，星期一，应史蒂文森前一天的请求，AMA 的保罗·里奇给麦森吉尔总部发去电报："请通过电报发送麦森吉尔磺胺酏剂的完整成分表。"与此同时，塔尔萨病理学家伊沃·尼尔森完成了 6 名酏剂受害者中 4 人的尸检，他现在可以肯定，孩子们死于中毒。

10 月 12 日，星期二，麦森吉尔回复 AMA："酏剂磺胺每液量盎司中含 40 格令[①]磺胺，溶解于 25％水和 75％二甘醇的混合液，伴有微量气味和颜色。"麦森吉尔公司高管要求 AMA 对产品的具体成分保密，并向 AMA 保证药物经过测试，足够安全。高管辩称，如果真像 AMA 担心的那样，磺胺酏剂有毒，那么出事的人肯定多得多——很快，这句话一语成谶。AMA 不相信麦森吉尔给出的磺胺酏剂成分表，为了确认其真实性，确保药物中不含任何未申报的诸如铅、砷、汞等重金属，AMA 化学实验室对药物进行了检测，结果发现组成物是 10％磺胺、15％水、起着色及调香作用的微量覆盆子提取物、焦糖和糖精，还有最主要的成分，也是这个产品和市面上其他磺胺产品最大的区别——72％的二甘醇，这是一种溶剂，能够使抗生素快速溶解。麦森吉尔的确

① 格令，历史上使用过的一种重量单位，最初在英格兰定义一颗大麦粒的重量为 1 格令。——译者

如实回答了 AMA 的问询，但是他们没有意识到，药物含有一种极度危险的成分。

10 月 18 日，星期一，对于此事几乎没有任何处置权力的 FDA 还是派了首席医疗官特德·克伦普和首席检查员比尔·福特前往布里斯托尔视察麦森吉尔公司。当时，麦森吉尔在田纳西州有 200 名员工，在中西部设有分厂，在纽约和旧金山都有销售办事处，销售人员达到近 200 名，遍布全国各地。FDA 到访前，麦森吉尔的律师，也是老板的女婿，声称公司在出售 240 加仑磺胺酏剂之前开展过全面的药物安全测试。但是 FDA 官员到了现场之后发现，麦森吉尔根本没有做过任何安全测试，而且公司的化学家也没有在做任何新测试。

克伦普和福特随后会见了麦森吉尔首席化学家哈罗德·沃特金斯。沃特金斯承认，该产品从未经过正式的安全测试，但是他同时表示，在塔尔萨报告死亡案例后，他给几只豚鼠喂过药，它们的状态都"非常好"。听他的意思，豚鼠甚至挺喜欢这药。沃特金斯还说，他自己也服用了一些磺胺酏剂，后来他写道："10 月 18 日，星期一，我开始服用磺胺酏剂，每日 1 盎司[①]，分两次服用。我已经连续四天服用了总共 4 盎司，现在不还好好地在写信。联邦官员和公司员工都看到我吃了药。"一定要说有什么感觉的话，他说，也就是排尿比平时多一些（实际上是肾病的早期征兆）。克伦普觉得沃特金斯油嘴滑舌，傲慢自大，让他很不舒

① 1 美制液量盎司约等于 29.57 毫升。——译者

服。“这位化学家，不在销售药物前好好做测试，”克伦普写道，“反倒想着事后充英雄。”后来，克伦普否认看到沃特金斯服药。

调查期间，麦森吉尔公司高管一再主张问题不出在产品，表示“磺胺被医生和媒体广泛使用和报道，全国人民对它疯狂追捧，生什么病都吃磺胺，现在灾难性后果显现了出来”。换一种说法，高管的意思是，儿童死于磺胺过量和过度使用引起的副作用，而不是因为产品中的某种成分。他们还辩称，问题可能出在磺胺酏剂和其他药物的混用。麦森吉尔对待药物开发的态度令克伦普作呕，他写道：“判定（磺胺酏剂）安全性和药物价值的唯一标准，是各成分混合的瞬间不发生爆炸。”

多了解几分麦森吉尔首席化学家的背景，就更让人放心不下。沃特金斯好似狄更斯笔下的人物，过着四处漂泊的生活，为人很不老实。哈罗德·科尔·沃特金斯于 1880 年 1 月 25 日出生在缅因州帕里斯，是家中的长子。父亲乔治·沃特金斯是一家小报纸出版商，母亲安娜·科尔是当地一名法官的幺女。哈罗德三岁时，母亲死于肺结核。次年，他最小的妹妹也死于肺结核。哈罗德五岁时，父亲再婚并搬到缅因州波特兰。乔治的第二任妻子在婚后不到两年就去世了。不满六岁的哈罗德经历了母亲、继母和妹妹的相继离世。七岁时，哈罗德被送去一个他从没见过的亲戚家生活。哈罗德十岁时，他的父亲也去世了。

进入麦森吉尔工作前，哈罗德·沃特金斯没有一份工作干得长久。1901 年，他从密歇根大学毕业，获得药学学位；1903 年至 1906 年在内布拉斯加州奥马哈工作；1906 年，缅因州波特兰；

1907 年至 1908 年，纽约；1908 年至 1910 年，华盛顿州阿纳科特斯；1910 年至 1911 年，华盛顿州斯波坎；1911 年至 1912 年，华盛顿州温哥华；1912 年，俄勒冈州波特兰；1912 年至 1913 年，犹他州奥格登；1913 年至 1917 年，加利福尼亚州萨克拉门托；1917 年至 1920 年，纽约布鲁克林。1917 年，沃特金斯在萨克拉门托一家批发公司工作期间，承认偷了雇主一只银盘，变卖给当地一个化验员赚了 85 美元。沃特金斯请求法庭看在妻子和年幼孩子的分上法外开恩，最终免去了牢狱之灾，但是被县治安官拘留，凑齐 3000 美元保释金才重获自由。

1929 年，沃特金斯创办了一家公司，销售一种名叫 Takoff 的减肥产品，声称可以让人变得“极致苗条”，“匀称、年轻、健美”。后来因为害怕受到邮件欺诈的指控，沃特金斯将 Takoff 撤市。

数百美国民众即将吃下去的药（其中还包括许多孩子），麦森吉尔公司就聘请了这么一个人来负责生产。

截至 FDA 官员视察麦森吉尔的 1937 年 10 月 18 日，公司已经给药剂师和医生发出了 1000 多封电报：“切勿使用收到的磺胺酏剂。请退回，费用由我司承担。”电报中没有提及潜在的致命后果。FDA 坚持要求公司发送第二封电报，解释情况的危急性。麦森吉尔照做了：“必须即刻追回所有已售磺胺酏剂。产品可能危及生命。请退回所有库存，费用由我司承担。”

1937 年 11 月，FDA 欲发起联邦政府机构史上规模最大的一次抓捕行动。很可惜，正如《美国医学会杂志》在一篇社论中所写，FDA“武装之差，好比猎人拿着苍蝇拍追打老虎”。

磺胺酏剂灾难发生时，规范药品销售和分销的唯一一部联邦法律是1906年颁布的《纯净食品及药品法》（Pure Food and Drug Act）。这部法律源自社会主义作家写的一本书和知名怀疑论者写的一篇杂志文章。

1884年，哈维·华盛顿·威利担任美国农业部首席化学家，当时，食品药品行业不受任何监管。威利只能眼看着美国民众吃变质的肉和掺木屑的面粉，喝含有福尔马林防腐剂的牛奶，却什么也做不了。他坚决要求联邦政府出手，没想到，一个意料之外的人给予了威利帮助——厄普顿·辛克莱。辛克莱是一名记者，经常抨击资本主义之恶。1905年11月4日，辛克莱出版小说《屠场》，描绘了芝加哥肉类加工业移民工人的苦难。辛克莱原本打算戳痛美国人的良心，结果却倒光了美国人的胃口。书中写道：“工人在地板、泥土和木屑上踩来踩去，随地吐痰，痰里有数以亿计的结核病细菌——肉就丢在那地板、那泥土、那木屑上。”

> 房间里堆满了肉。屋顶漏水，水滴到肉上，几千只老鼠在肉堆上来回乱窜。储藏室里太暗，看不清，但是手一摸肉堆，就能摸下一把风干的老鼠屎。老鼠太讨厌，包装商就放毒面包，老鼠吃了面包被毒死，然后老鼠、面包和肉一起被铲进料斗。

肉类销量下降了一半。《屠场》出版后，西奥多·罗斯福总统命令国会制定法律，保证食品的纯净。最终，因为一本流行杂志上刊载的系列文章，罗斯福新法的范围扩大到食品之外。

1905 年 10 月 7 日，辛克莱的《屠场》出版一个月前，塞缪尔·霍普金斯·亚当斯在《科利尔杂志》上发表系列文章中的第一篇，题为《美国大骗局》。亚当斯想让美国民众清楚地了解专利药的成分，他将样本寄给化学家，结果发现许多药品里含有酒精、氯仿、鸦片、吗啡、大麻树脂和可卡因，其中一些还是给幼儿服用的药物。超过 50 万美国人阅读了《美国大骗局》。

《屠场》和《美国大骗局》相继出版后，公众群情激愤。哈维·华盛顿·威利判断时机已到，是时候推出一部“涵盖各类内外用药”的联邦法律，要求制造商列明药物的所有成分，禁止他们无处方销售麻醉品。1906 年，法案经西奥多·罗斯福总统签署正式成为《纯净食品及药品法》，但是这部法律只是威利理想版本的缩水版。如果专利药含有酒精、可卡因、鸦片、氯仿或其他可能有害的物质，制造商必须将它们印在标签上，但是仅此而已，制造商无需证明产品安全有效，也无需证明生产遵循良好生产规范标准。

《纯净食品及药品法》的执法机关最早是农业部化学局，1927 年由新成立的食品、药品和杀虫剂管理局接替，三年后，该机构更名为食品药品监督管理局（FDA）。可惜，1906 年的这部法律并未赋予 FDA 多少权力。理论上讲，FDA 不能仅仅因为某种药物不安全或生产不规范而要求制造商撤回药物。只有当有害药物“标签有误或内容掺假”或者未在标签上列出酒精、可卡因、海洛因或大麻成分，FDA 才能要求撤回。违规是轻罪，只需缴纳少量罚款。所幸，麦森吉尔的磺胺酏剂属于标签有误的情况，因为“酏剂”的叫法暗示其中含有酒精，但是实际上不含酒精。即便发生了全国性大规模中毒事件，倘若这个药的名字叫做“磺胺溶液”，FDA 便无权要求麦森吉尔撤回产品。

10 月 19 日，星期二，调查员到访麦森吉尔的第二天，FDA 开始没收所有尚未使用的磺胺酏剂，这做起来并不容易。南方腹地的部分病人收不到无线电公告，一些药剂师不开处方直接售药，没有留下任何销售记录。此外，联邦法律没有赋予 FDA 强制麦森吉尔公开运输记录的权力。FDA 只得在种种限制下开展工作，时任 FDA 局长沃尔特·坎贝尔命 200 多名检查员和化学家到全国各地开展调查，不放过任何一个有可能收到或处方该药的分销商、批发药剂师、零售药剂师和医生。某配送站点的待查发货需求超过 2 万单。也不是所有人都配合，得克萨斯的一名经销商直到被关进牢房才提供相应信息。

10 月 20 日，星期三，随着调查的开展，麦森吉尔首席执行官塞缪尔·麦森吉尔向 AMA 发送了一封电报：“请通过西联电报公司收集磺胺酏剂解毒剂和治疗建议。”很不幸，没有解毒剂。AMA 的回应直截了当：“麦森吉尔磺胺酏剂的解毒剂不存在。恐怕治标不治本。”

磺胺酏剂已被销往全国 31 个州，佐治亚州收到 21 加仑，也有比如康涅狄格州，只有不到 1 加仑。麦森吉尔给药店和经销商发了 600 大瓶磺胺酏剂，另外给医生办公室和销售代表发了 700 小瓶样品。服药致死人数不断增加。10 月 25 日，已有 46 人死亡；10 月 27 日，50 人；10 月 31 日，58 人；11 月 2 日，61 人。

待到整个事件结束，发至各地的 240 加仑磺胺酏剂总计被消耗掉 6 加仑。该药上市销售四周，累计 353 人服用，105 人死亡，其中包括 34 名儿童。如果 240 加仑全部用完，将有 4000 人丧生。

医生被击垮了。密西西比州橄榄山的阿奇·卡尔霍恩可能是受打击最深的一个，他眼睁睁目睹 6 名自己的病人死于他亲手处方的药。1937 年 10 月 22 日，卡尔霍恩给当地一家报纸写信，表达了他的万分痛苦："但凡执业超过二十五年的医生，都见过不少死亡，但是当我意识到 6 个人——6 个我的病人，其中一个还是我最好的朋友，因为服用了我处方的药而死去，虽然我毫不知情……唉，意识到这件事后，我的精神每日每夜承受着巨大痛苦，简直超出人类所能承受的极限。我体会到了什么叫做痛苦到恨不得一死求解脱。"105 例死亡中有 100 例是医生开具的磺胺酏剂处方。

11 月 7 日，星期二，芝加哥大学研究人员解开了磺胺酏剂谜团。《美国医学会杂志》发表的一项研究显示，研究人员给小鼠、兔子和狗注射纯磺胺或纯二甘醇，只有注射了纯二甘醇的动物死亡，和人一样死于肾衰竭。

这次事件被称为"20 世纪最严重的大规模中毒事件之一"，山姆·麦森吉尔对此发表回应声明："我和公司的化学家对发生死亡深表遗憾，但是产品生产没有丝毫差错。一直以来，我们合法专业地提供产品，满足需求，不可能预见到意外后果。我不认为公司应当承担任何责任。”麦森吉尔声称药物的生产和分销没有违反任何法律，这个说法没问题。当时，公司无需开展药物安全性测试，也无需在标签上列明成分，但是他说公司不可能预见到后果，这个说法成立吗？

1931 年，磺胺酏剂灾难发生六年前，克利夫兰西储大学药理学系的研究人员发表了一篇论文，表明注射了二甘醇的小鼠“肾脏或多或少出现明显的病理变化”。

1937 年 1 月，麦森吉尔将磺胺酏剂销往全国八个月前，里士满弗吉尼亚医学院药理学系研究人员发表了一篇论文，他们通过研究小鼠和兔子发现“（分别）摄入 3%和 10%浓度的二甘醇后迅速死亡”。磺胺酏剂中的二甘醇浓度高达 72%。两项研究的研究人员都发现，二甘醇导致肾脏中的草酸急剧增加，这是引发肾衰竭的直接原因。（二甘醇类似于防冻液，防冻液的化学成分是乙二醇和丙二醇。）

显然，哈罗德·沃特金斯对这些研究一无所知，但是他不知道，不代表别人不知道。1937 年 10 月 12 日，AMA 药学和化学委员会的保罗·里奇博士在收到塔尔萨 6 名儿童的死亡报告后，向该市一名医生发送电报。里奇对使用二甘醇溶解磺胺感到震惊。“产品含有大量二甘醇作为溶剂，有毒，据报告导致肾病，可能氧化成草酸。”里奇又把 1931 年发现二甘醇导致小鼠肾衰竭的那项研究告诉了塔尔萨的医生。

简而言之，磺胺酏剂灾难完全可以避免。

1937年11月30日，时任FDA局长沃尔特·坎贝尔给小女孩琼·玛拉尔的母亲梅斯·尼迪弗写了一封信，回应她三周前给富兰克林·德拉诺·罗斯福总统的去信：

亲爱的尼迪弗夫人：

尼迪弗夫人，我在政府部门服务了三十年，这次总统要求我给您回信，是我接到过的最艰难的任务，这是我的真心话。在拼命追踪未用磺胺酏剂的几周里，我始终将您的来信摆在面前，看着您小女儿的可爱笑颜，这无谓的牺牲令您经受了无尽的悲伤，我想我能够在一定程度上感同身受。

您孩子的离世激发了强烈的公众情绪，现在相关法律有望立法，但是我同意您说的，这一切本不必以孩子的死为代价。我真诚地相信，众议院和参议院里善良的能人已经下定决心通过法律，不让相同的悲剧重演。如果立法成功，请您知道，您的来信切实地推动了这一结果，也许这能够为您带来一丝慰藉。

怀着最诚挚的同情，

您诚挚的，

FDA局长W.G.坎贝尔

1938年3月5日，众议院通过《食品、药品和化妆品法案》，这是磺胺酏剂灾难引发的直接结果；6月25日，该法案经罗斯福总统签署成为法律。依据该法，制药公司必须在标签上列明所有药物成分，最重要的是，他们必须充分开展产品安全测试才能获得 FDA 的上市许可。

联邦法律软弱无力，酿成悲剧的麦森吉尔公司没有受到应有的制裁。根据 1906 年《纯净食品及药品法》规定，政府只能对公司 174 项贴错标签的行为处以 2.6 万美元的罚款。此外，麦森吉尔必须支付 14.8 万美元的损害赔偿。三个月后，镇上最大的雇主山姆·麦森吉尔当选布里斯托尔商会主席。

磺胺酏剂悲剧发生后，麦森吉尔公司持续蓬勃发展。1971 年，总部位于伦敦的制药公司必成（Beecham）买下麦森吉尔，以 5400 万美元收购了 200 万股份；当时，公司大约 90％的股份为麦森吉尔家族所有。必成看中的是麦森吉尔广受欢迎的非处方女性卫生系列产品。芭芭拉·马丁在她的著书《酏剂：美国的致命药物悲剧》中总结了山姆·麦森吉尔及其公司的讽刺命运："一个极度重视家族传承和社会声誉的人，最终人们提到他的名字，想起的只有同名阴道冲洗器和恐怖的大规模死亡事件。"千万富翁山姆·麦森吉尔于 1946 年去世。

公司首席化学家哈罗德·沃特金斯就没这么走运了。1939 年 1 月 17 日，山姆·麦森吉尔当选布里斯托尔商会主席一周后，沃特金斯的妻子在他们家小砖房的厨房里发现了丈夫的尸体——脸朝地，眼镜被压在身下，脑袋边上 1 英尺（约 30 厘米）处躺着一把 .38 口径的自动手枪。

第六章

安妮·戈茨丹克：疫苗

安妮·戈茨丹克（Anne Gottsdanker）的生活可以说非常幸福。

她的父母都是心理学家，两人于1949年搬到加利福尼亚州圣巴巴拉，两年后生下女儿。“我们住在老城区。”戈茨丹克回忆道，“房子是一座木结构的两层大别墅，铺着木地板，有一个超大的阳光房，步行即可到达圣巴巴拉州立师范学院（现在的加利福尼亚大学圣巴巴拉分校）。”安妮和大她五岁的哥哥杰瑞同住一间房。

戈茨丹克记得“一家人在餐桌上聊艺术、聊政治、聊旅行的精彩对话”，记得父母一起洗碗，记得去优胜美地的露营之旅。“我和我父亲很亲近。”她说，“他会编睡前故事，他不是一个感情外露的人，但是他真的很关心我。我父亲来自一个大家庭，他比我母亲约瑟芬更松弛，我母亲是独生女。”

1955年4月18日，星期一下午，约瑟芬·戈茨丹克开车带安妮和杰瑞去见儿科医生。几天前，她看到哥伦比亚广播公司新闻记者爱德华·R. 默罗在电视节目《现在请看》里采访刚刚发明出脊髓灰质炎疫苗的科学家乔纳斯·索尔克。

夏天将至。约瑟芬和1950年代的大部分美国母亲一样，害怕夏天，她害怕其他孩子，害怕游泳池、喷泉、街道、夏令营、教会小组、体育比赛和公共集会，害怕自己的孩子会在今年夏天中招，成为每年死于脊髓灰质炎的数万人之一。

安妮·戈茨丹克仍然记得那天看医生的情景。她记得护士从冰箱里取出一小瓶液体，用消过毒的玻璃注射器抽出液体，注入她的右腿肌肉。几分钟后，同样的操作在她哥哥身上重复了一遍。

4月22日，接种疫苗四天后，两个孩子坐在汽车后排，跟着约瑟芬·戈茨丹克一起前往加利福尼亚州卡莱克西科探亲，全程320英里（约515公里），车程五小时。卡莱克西科是一座小镇，位于加利福尼亚州和墨西哥边境。

探亲之行很顺利，但是4月26日下午，接种索尔克的脊灰疫苗八天后，在从卡莱克西科驱车返程的途中，约瑟芬注意到女儿有些不对劲："我们在一个小山村停下来喝咖啡吃冰淇淋，她说她头痛。我以为是马尾辫扎得太紧，我当时觉得这就是孩子普通的发牢骚，后来她在车里吐了。我们带她去了县医院，到医院的时候她的大腿已经没法动弹，然后小腿也动不了了。"

"我记得我吐了，"安妮说，"记得感觉像得了流感。"但是她记得最清楚的是伴随怪病进展而来的无助感。"我记得爸爸把我从车里抱出来，带我去医院。我记得躺在医院里，全身动弹不得。我完全瘫痪了。我不知道发生了什么，但是我当时太小，还不知道害怕。”

安妮的右腿完全瘫痪了，诊断结果是脊髓灰质炎。但是她的病有两个不同寻常的特征。首先，那是 4 月，而脊灰高发的季节是夏季；其次，瘫痪的是她接种疫苗的那条腿。是不是脊灰疫苗引发了脊髓灰质炎呢？

答案在之后的几个月里逐渐变得清晰。索尔克的脊灰疫苗导致了一场人为的脊髓灰质炎流行。数万儿童暂时性瘫痪，数百儿童永久性瘫痪，10 人死亡。联邦监管机构立即叫停了脊灰疫苗接种项目，出了这么大的事，必须调查清楚原因。乔纳斯·索尔克自此之后被同行厌弃。

发生了什么？而且更重要的是，为什么我们没听说过这个故事？

索尔克不是第一个做出脊髓灰质炎疫苗的科学家。1934 年至 1935 年间，费城的约翰·科尔默和纽约的莫里斯·布罗迪也进行过尝试。

科尔默给猴子注射脊灰病毒，取出脊髓，磨碎，放入盐水悬浮，再用细网过滤，最后用蓖麻油酸酯处理两周。（蓖麻油酸酯是一种从蓖麻植物中提取的化学物质，也用于制作肥皂。）科尔默认为，蓖麻油酸酯可以杀灭脊灰病毒，使其不再致病，但依然能够诱发免疫反应。他给自己十一岁和十五岁的两个儿子、助手安娜·鲁尔和另外 25 个孩子接种了疫苗。科尔默宣布他的疫苗安全，于是又给 10000 名儿童注射了疫苗。

莫里斯·布罗迪的疫苗和约翰·科尔默的相似，唯一的区别在于，布罗迪不是用蓖麻油酸酯杀灭脊灰病毒，而是使用了福尔马林（甲醛的水溶液）。福尔马林常见于殡葬业，用于尸体保存。布罗迪给自己、5 个同事和 12 个孩子接种了疫苗。他同样认为自己的脊灰疫苗安全，于是又给 7000 名儿童注射了疫苗。

1935 年，科尔默和布罗迪在美国公共卫生协会于圣路易斯举办的一场会议上，向数百名医生、科学家和公共卫生官员介绍他们的研究发现。科尔默率先发言。他说，来自美国 36 个州和加拿大的 10000 名儿童接种了他的三针剂疫苗。但是科尔默的研究没有纳入未接种疫苗的儿童，因此他无法判断疫苗是否真的起效。更糟糕的是，几个孩子在接种疫苗不久后患上了脊髓灰质炎：

● 莎莉·吉滕伯格，女孩，五岁，来自新泽西州纽瓦克市，左臂注射科尔默的疫苗。十二天后，她出现发烧、头痛、颈部僵硬和呕吐症状。十六天后，她的左臂完全瘫痪。

● 以斯帖·普法夫，女婴，二十一个月，来自新泽西州韦斯特菲尔德，右臂注射科尔默的疫苗。两周后，她的右臂无法动弹。再过了一周，以斯帖去世。

● 大卫·科斯图马，男孩，八岁，来自新泽西州普莱恩菲尔德，右臂注射科尔默的疫苗。两周后，大卫因头痛、颤栗和右臂瘫痪住院。第二天，大卫去世。

● 休·麦克唐纳，男孩，五岁，同样来自新泽西州普莱恩菲尔德，左臂注射科尔默的疫苗。一个月后，他的左臂瘫痪。两天后，休去世。

科尔默的疫苗最终导致10名儿童瘫痪，5名儿童死亡，大多数孩子在接种疫苗后几周内瘫痪，全部都是打疫苗的那只手臂瘫痪。莎莉·吉滕伯格是纽瓦克当月唯一感染脊灰的孩子，普莱恩菲尔德的2个孩子则是该市仅有的死于脊灰的病例。科尔默称，这些孩子感染了野生脊灰病毒，并非因为疫苗中意外残留活脊灰病毒。“我不认为这些病例是疫苗造成的。”他说。

华盛顿特区公共卫生局医疗主任詹姆斯·利克听到科尔默的一连串否认，火冒三丈，起身发言。“吉米·利克直接叫科尔默杀人犯，”一个当时在场的人回忆道，“我从来没有在科学会议上听到过那么激烈的用词，他一讲完，两个疫苗都完蛋了。一般来说，听到杀人两个字，人们都会三思。”科尔默被羞辱得体无完肤：“先生们，我恨不得找个地缝钻进去。”

莫里斯·布罗迪的研究和科尔默的不一样，研究同时包括了接种疫苗和未接种疫苗的儿童，结果发现4500名未接种疫苗的儿童中有5人感染脊髓灰质炎，而7000名接种疫苗的儿童中只有1人患病。显然，疫苗有效。但是布罗迪提到一个病例，听起来问题不小：一名二十岁男子接种了疫苗，出现手臂瘫痪，四天后死亡。会议开完数月，詹姆斯·利克在医学期刊上发表文章，进一步质疑布罗迪疫苗的安全性，因为又有2个分别五个月和十五个月大的孩子在接种疫苗后不到两周患上脊髓灰质炎。

最早研制脊灰疫苗的两人，结局截然不同。约翰·科尔默继续发表科学论文，最后成为天普大学医学院的教授，直至 1957 年退休，而莫里斯·布罗迪被纽约大学和纽约市卫生局解雇。1939 年 5 月，布罗迪去世，年仅三十六岁。当时和后世的许多人都推测他死于自杀。

因为约翰·科尔默和莫里斯·布罗迪的疫苗试验，脊灰疫苗研发出现了寒蝉效应。整整二十年，没有人胆敢再次尝试。

1914 年 10 月 28 日，乔纳斯·索尔克出生在纽约东哈莱姆区的一栋公寓楼，他是家中长子，三兄弟里的老大，父母是俄罗斯移民。索尔克用三年学完了高中四年的课程，然后进入纽约市立大学学习，后来又拿到奖学金进入纽约大学医学院深造。1941 年 12 月，美国加入二战，索尔克面临选择：他可以应征当部队医生，也可以留在美国从事科学事业。他选择了科学事业，在密歇根大学托马斯·弗朗西斯博士的实验室研究流感疫苗。十五年后，索尔克脊灰疫苗关键试验的负责人便是弗朗西斯。

1943 年，索尔克在研究流感疫苗，当时美国有 1 万人感染脊髓灰质炎，大多数是儿童；1948 年，索尔克在匹兹堡大学首次研究脊灰病毒，脊灰感染者新增 2.7 万人；1952 年，索尔克首次在匹兹堡及周边地区测试他的脊灰疫苗，此时又新增感染 5.9 万例。一项全国民意调查显示，在“美国人最怕什么”的排名中，脊髓灰质炎仅次于原子弹。

越来越多的人迫切渴望预防脊髓灰质炎。

病毒不同于细菌，病毒在细胞内生长。约翰·科尔默和莫里斯·布罗迪使用猴脑和猴脊髓细胞培养脊灰病毒，索尔克使用的则是猴睾丸细胞。后来，索尔克担心民众接受不了在猴睾丸里培养出来的疫苗，转而使用猴肾细胞，这一做法沿用至今。

脊髓灰质炎共有三种不同的致病毒株。索尔克知道，他的疫苗必须囊括所有这三种类型的代表毒株。索尔克选择 Mahoney 毒株作为 1 型脊灰病毒的代表——这个决定将困扰他一生。Mahoney 毒株采自俄亥俄州阿克伦一个姓 Mahoney 的孩子，不过并非只有 Mahoney 家感染这个毒株，邻居克莱恩斯家也有人感染。克莱恩斯家 5 个孩子里有 3 个瘫痪，后来死于脊灰——Mahoney 毒株独有的可怕特征已在早期显现。索尔克选择的 2 型和 3 型脊灰病毒代表毒株没有引发争议。

Mahoney 毒株还有一个特别危险的特性。所有经大脑或脊髓注射的脊灰病毒毒株都会导致猴子瘫痪，但是只有少数毒株经肌肉注射也会引起瘫痪——不久后，儿童就是经肌肉注射脊灰疫苗。Mahoney 毒株经肌肉注射传播至大脑和脊髓的概率是其他脊灰毒株的 1 万倍。乔纳斯·索尔克选择 Mahoney 毒株，可谓是不做任何保护性措施的纵身一跃。

索尔克用福尔马林杀灭三种脊灰病毒毒株，这个方法和莫里斯·布罗迪之前的做法相同。每过几天，索尔克将病毒注入猴脑，观察猴子是否瘫痪，从而了解杀死这三种毒株分别需要多长时间。他发现，病毒经过福尔马林处理大约十天后，猴子不再出现瘫痪。为了安全起见，索尔克把处理时间又延长了两天。杀灭

Mahoney 毒株花费的时间最久。

索尔克需要确认疫苗的有效性和安全性，于是他来到 D. T. 沃森残疾儿童之家，怀揣疫苗安全有效的期盼，给孩子们注射了疫苗。索尔克无法入睡。“当天晚上他折返回来，确认孩子们的情况，”护士长回忆道，“所有孩子都好好的。”试验结果令人失望。索尔克发现，三种疫苗毒株里只有一种在血液中诱发产生了高浓度保护性抗体。

1952 年 5 月，索尔克再次进行尝试。这一次他选择了收容“智障”男孩和男子的波克州立学校，给那里的孩子们注射疫苗。不同于 D. T. 沃森的情况，波克的孩子们对所有三种脊灰病毒都产生了免疫力，而且看起来疫苗是安全的。“我成功了。”索尔克对妻子说。

1953 年春天，索尔克给自己、妻子唐娜和 3 个孩子（九岁的彼得、六岁的达雷尔、三岁的乔纳森）接种疫苗，这是一项历史悠久的传统。“勇气来源于自信，而非一味的大胆。”索尔克说。据唐娜·索尔克回忆：“孩子们在厨房里排队接种疫苗。我对乔纳斯有百分之百的信心。”

索尔克依靠数学模型确保疫苗的安全性，杜绝疫苗中含有活脊灰病毒的可能。索尔克将这一模型称为“线性灭活理论”，这套理论很快引发了争议，也直接导致了不久后发生的悲剧。线性灭活理论的作用是，精确计算得出彻底杀灭活脊灰病毒所需的时间。索尔克确信，他可以避免科尔默和布罗迪犯下的悲剧性错误。

简单介绍一下索尔克的线性灭活理论：D. T. 沃森和波克学校的孩子接种的一剂疫苗的量大约是五分之一茶匙。索尔克解释道，未经福尔马林处理的 1 剂疫苗中含有约 100 万个传染性活脊灰病毒颗粒。福尔马林能够稳定且可预见地急剧减少活病毒数量。用福尔马林处理十二小时，活病毒数量下降到 10 万个传染性病毒颗粒；二十四小时，1 万个；七十二小时，只剩下 1 个传染性病毒颗粒——另外的 999999 个病毒颗粒都被福尔马林杀灭了。也就是说，三天内，疫苗中所含的活病毒数量降低至百万分之一。

索尔克用活病毒数量和福尔马林处理时长绘图，发现将各个点相连得到一条直线。他以此推断，如果再多处理三天，且这条线保持笔直不变，那么活病毒数量将再次降低至百万分之一。这么一来，就不是 1 剂疫苗中含有 1 个传染性病毒颗粒，而是 100 万剂疫苗中只含 1 个病毒颗粒。如果再加三天，活病毒数量将下降到 1 万亿剂疫苗中只含 1 个传染性病毒颗粒。1 万亿剂，地球上所有人都接种疫苗也要不了这么多，意思就是说，用福尔马林处理脊灰病毒九天就可以将病毒彻底杀灭。当然，所有这一切基于一个假设——那条直线始终保持笔直。

索尔克的绘图由两部分组成——研究人员在实验室里测得的部分和索尔克假设成立的部分。我们可以测试病毒制剂，结果可能得到每剂中含 100 万或 1 万或 1000 或 100 或 10 甚至 1 个传染性病毒颗粒，但是我们无法测试 100 万或 1 万亿剂疫苗，确认每一剂疫苗中都不含活病毒残留物。1955 年春天发生了一系列事件，在那之后的好几年里，索尔克是世界上唯一深信那根病毒灭活直线存在的科学家。

1954 年，美国小儿麻痹症基金会（又名出生缺陷基金会）提供资金，支持有史以来规模最大的医疗产品试验。44 个州共计约 2 万名医生和卫生官员、4 万名护士、1.4 万名校长、5 万名教师和 20 万美国民众报名做志愿者。疫苗由礼来和帕克-戴维斯两家老牌疫苗厂商生产。42 万儿童接种索尔克的疫苗，20 万儿童接种生理盐水，另有 120 万儿童作为对照组，什么也不接种，受试者共计 180 万。有了生理盐水组和对照组，研究人员便能判断疫苗是否奏效。1954 年 4 月 26 日，星期一，上午 9 点，来自弗吉尼亚州麦克莱恩的六岁男孩兰迪·克尔注射了首针。疫苗和安慰剂从表面上无法区分，因此不管是兰迪、他的父母还是接种护士，都不知道兰迪实际上注射了什么。兰迪冲着镜头露出微笑。

在接下去的五周里，全国一、二、三年级的小学生陆续在左臂接种三针剂的疫苗或生理盐水。参与试验的孩子会得到一根棒棒糖、一个印着“抗脊灰先锋”的徽章和一辈子不得脊髓灰质炎的可能性。（放到现在，这般规模的试验预计耗资约 60 亿美元。）

试验结果令人振奋：

- 16 名受试儿童感染脊髓灰质炎死亡，全部来自安慰剂组。（这个数字始终萦绕在我心头无法散去，如果这些孩子不是倒霉地被随机分进了安慰剂组，可能现在还活着。）

● 36 名儿童永久性瘫痪或必须躺在“铁肺”里维持呼吸，其中 34 人来自安慰剂组。（这一数字同样久久萦绕在我心头。）

疫苗奏效了，那么它安全吗？开展试验后的两个月里出现了多例脊髓灰质炎病例，但是试验负责人托马斯·弗朗西斯判定，这些病例与索尔克的疫苗无关。他是对的，确实无关。没有一个孩子出现接种手臂瘫痪的现象，明显和早先接种科尔默和布罗迪的疫苗瘫痪的孩子不一样。大约 42 万儿童已经接种索尔克的疫苗，没有人瘫痪，显然疫苗是安全的。现在可以放心接种了。

4 月 12 日——最著名的脊髓灰质炎受害者富兰克林·德拉诺·罗斯福总统逝世十周年忌日当天——上午 10 点 20 分，托马斯·弗朗西斯登上密歇根大学拉克姆礼堂的演讲台，宣布由出生缺陷基金会主导的开创性研究的成果。500 多人挤满了整个礼堂，其中包括 150 名新闻、广播和电视台记者；礼堂后面的长条平台上架着 16 台电视和新闻摄像机；全国 5.4 万名医生在电影院里收看闭路电视直播。民众打开收音机，百货公司架起扩音器，法官暂停审判，好让法庭上的所有人收听弗朗西斯即将发表的演讲。欧洲人把频道调到“美国之音”。

媒体在弗朗西斯公布结果之前就拿到了报告复印件。“报告是用小推车运过来的，记者们激动地跳啊叫啊：‘有效！有效！有效！’”一位记者回忆道，“整个房间一片混乱，有一位医生热泪盈眶。”

弗朗西斯阐述了乔纳斯·索尔克脊灰疫苗的有效性和安全性，等他讲完，全国教堂敲响钟声，工厂停工片刻，犹太教堂和基督教堂举行特别祈祷会，家长和老师流下了眼泪。有店家在橱窗里挂起横幅："谢谢您，索尔克博士。"全国各地的报纸齐刷刷地用"安全、强力、有效"作为头条标题。"好似一场战争的结束。"一位亲历者回忆道。

但是战争还没有结束。

1955 年 4 月 24 日，星期日，负责爱达荷州东南区的卫生官员 J. E. 怀亚特接到当地医生打来的电话，讲述了波卡特洛一个女孩的情况。"我刚刚接诊了一个孩子，她好像得了脊灰。"医生说，"她母亲说昨天发现孩子的脖子有些发僵，发烧，今天左臂瘫痪了。女孩名叫苏珊·皮尔斯。"怀亚特清楚实地试验的结果，他确信索尔克的疫苗安全。"她肯定在接种疫苗之前就感染了（野生脊灰病毒），"怀亚特和医生说，"疫苗不够时间起效产生保护力。不过你打电话上报，这很好，我们会密切关注事情进展。"

1955 年 4 月 18 日，苏珊·皮尔斯左臂接种索尔克的疫苗。打完疫苗第五天，她开始发烧，脖子发僵；第六天，左臂瘫痪；第七天，她躺进了"铁肺"；第九天，苏珊去世。

很快，爱达荷州出现了更多病例：4 月 26 日，六岁的吉米·希普利因左臂瘫痪入院。4 月 30 日，刘易斯顿的邦妮·盖尔·庞德住进圣约瑟夫医院。爱达荷州空军国民警卫队从博伊西空运来一具"铁肺"，但是没能挽救庞德的生命。5 月 1 日至 3 日，奥罗菲诺的七岁男孩吉米·吉尔伯特左臂瘫痪；阿萨卡的八岁女孩多萝西·克劳利躺进"铁肺"；莫斯科的珍妮特·李·金凯和爱达荷福尔斯的丹尼·艾格斯死于脊髓灰质炎。

这些患儿有一个共同点——接种疫苗的手臂瘫痪，还有一点，也许同样令人担忧，他们都是在 4 月和 5 月初死于脊髓灰质炎。爱达荷州每年有数百儿童因脊灰瘫痪，但是一般最早 6 月才开始发病。

一共有 5 家制药公司生产索尔克的疫苗：礼来、帕克-戴维斯（这 2 家生产了用于大规模实地试验的疫苗）和 3 家小一些的公司：毕特曼-摩尔（Pitman-Moore）、惠氏（Wyeth）和卡特实验室（Cutter Laboratories）。爱达荷州小学生接种的疫苗全部产自同一家公司——加利福尼亚州伯克利的卡特实验室。

1955 年 4 月 28 日，卡特实验室召回疫苗当天，时任美国医务总监伦纳德·席勒拜访美国传染病中心首席流行病学家亚历山大·朗缪尔，恳请朗缪尔调查这起悲剧。传染病中心位于佐治亚州亚特兰大市，也就是后来的疾病预防与控制中心（CDC）。五年前，为了应对境外敌人对美国的生物袭击，朗缪尔一手创建了他称之为流行病情报局的机构。朗缪尔做梦也想不到，他的第一项任务是调查来自国内的生物袭击。

朗缪尔团队发现，两个批次的卡特疫苗一共导致 51 名儿童瘫痪，5 人死亡。此外，接种卡特疫苗的儿童相比感染野生脊灰病毒的儿童更容易出现手臂瘫痪，严重瘫痪、永久性瘫痪、需要“铁肺”以及死亡的概率都更高。卡特疫苗之所以更加致命，是因为厂家没能彻底杀灭最凶险的 Mahoney 毒株。

很快，爱达荷州整形外科医生曼利·萧发现，朗缪尔团队只查到了冰山一角。萧查阅了波卡特洛、博伊西和刘易斯顿 400 多名学童的医疗记录，发现每3个接种了那两批受污染卡特疫苗的儿童中就有1人出现发烧、喉痛、头痛、呕吐、肌肉疼痛、脖子发僵、背部发僵以及轻微跛行。许多孩子直到几个月后依然感到肌无力。两批受污染的疫苗总计12万剂，这也就意味着，4万儿童在接种疫苗后出现了脊髓灰质炎症状。

卡特悲剧的受害者不仅限于接种疫苗的孩子。5月8日，疫苗召回十一天后，一位从诺克斯维尔来访亚特兰大的二十八岁母亲因脊髓灰质炎住院，不得不接上呼吸机。她没有接种过卡特脊灰疫苗，但是她的孩子接种过。5月9日，亚特兰大又有一位年轻母亲死于脊髓灰质炎，她是亚历山大·朗缪尔秘书的邻居。她和来自诺克斯维尔的那位母亲一样，没有接种过脊灰疫苗，但是她的孩子在一个月前接种了卡特疫苗。

所有这些证据都表明，卡特疫苗中致命的活脊灰病毒已经造成社区传播。调查随后发现，74名未接种疫苗的家庭成员出现瘫痪，其中一位是怀孕八个月的母亲，她被自己一岁的儿子传染；5月12日，这位母亲死于脊髓灰质炎。

卡特疫苗造成的人为脊灰流行最终导致7万人在短时期内患上脊髓灰质炎，164人严重瘫痪，10人死亡。这是美国历史上最严重的一场生物灾难。“我希望从没听说过这个疫苗。”卡特实验室首席执行官罗伯特·卡特说。亚历山大·朗缪尔将这场灾难命名为“卡特事件”。

索尔克在匹兹堡及周边地区开展的研究表明，他的疫苗安全有效。托马斯·弗朗西斯通过史上规模最大的医疗产品试验证明了索尔克疫苗的安全性。但是到了卡特实验室的手里，索尔克的疫苗导致儿童、儿童家属和社区居民瘫痪和死亡。卡特实验室究竟哪个环节做错了？

第一，卡特使用了 Mahoney 毒株。索尔克选择 Mahoney 毒株，因为它激发的免疫反应最强，他也清楚这个毒株比任何其他1型脊灰毒株都要凶险，但是索尔克认为，只要用福尔马林彻底杀灭病毒就不会有问题。话虽如此，索尔克选用 Mahoney 毒株，意味着给到疫苗厂家的生产容错率极低。如果卡特用的不是 Mahoney 毒株，也许疫苗根本不会引起瘫痪和死亡。不过 1955 年春天生产脊灰疫苗的 5 家公司使用的都是 Mahoney 毒株，因此卡特对毒株的选择无可厚非。

第二，病毒在细胞内生长。要通过福尔马林完全杀灭脊灰病毒，必须在灭活前先过滤，尽数去除细胞和细胞碎片。如果过滤不到位，脊灰病毒可能潜藏在细胞碎片中，福尔马林对病毒就起不了作用。换言之，过滤是关键。

索尔克使用的是多层厚石棉制成的塞茨过滤器。这种过滤器过滤彻底，得到的液体被饮料业形容为“杜松子酒般纯净”。但是，由于塞茨过滤器过滤速度慢，而卡特实验室要生产几十万剂疫苗，卡特的研究人员便换用了过滤速度更快的玻璃过滤器，但是它的过滤效率不如塞茨过滤器。玻璃过滤器通过局部熔化受热玻璃制成，得到孔径逐渐缩小的过滤孔。含有脊灰病毒和细胞碎片的液体首先通过大孔玻璃过滤器（粗过滤器），然后通过孔径越来越小的过滤器（中、细和超细过滤器），这么做的目的是彻底去除细胞碎片。

帕克-戴维斯做出了安全的疫苗，用的也是玻璃过滤器，为什么偏偏卡特实验室出了问题？问题就在于，同样是玻璃过滤器，产品之间是存在差异的，玻璃过滤器的过滤效率取决于工匠的制作工艺好坏。卡特使用的玻璃过滤器工艺比较差。话说回来，卡特选用玻璃过滤器不能算犯错，但是如果卡特和礼来还有毕特曼-摩尔一样，用了塞茨过滤器，“卡特事件”就不会发生。

第三，安全测试不充分。联邦政府要求厂家在实验室里开展两项安全测试——将疫苗病毒分别注入猴脊髓细胞和猴肾细胞，从而检查最终成品中是否意外残留活脊灰病毒。如果三十天内猴子没有瘫痪，而且猴肾细胞在十四天内没有死亡，疫苗就可被认定为不含活病毒。很不幸，这些安全测试的力度远远不够。“卡特事件”发生一个月后，联邦监管机构修改了规定，要求大大增加猴肾细胞测试的疫苗注射量，观察时间也大幅延长。监管机构还要求，在给猴子注射疫苗之前，先给它们使用免疫系统抑制药物，这样一来，倘若疫苗中残存少量活脊灰病毒，猴子瘫痪的概率会增加 500 倍。

同样地，1955 年春天开展的安全测试不充分不能归咎于卡特，毕竟直到发生了“卡特事件”，研究人员才意识到安全测试不充分。但是，如果能够更早地开展更完善的安全测试，这一事件便不会发生。

第四，卡特把过滤完的病毒放进冰箱，过了数周才用福尔马林进行灭活处理。结果，小块猴肾细胞碎片沉积在烧瓶底部，福尔马林没能彻底杀灭活病毒颗粒。5 家制药公司里唯独卡特把过滤完的病毒静置了那么长时间。但是说到底，这还是因为缺乏正确的联邦政府强制安全测试，卡特没有意识到自己的做法有问题。

第五，也是最关键的一点，卡特从未绘图证明福尔马林在不断地以线性方式杀灭病毒。索尔克建议在灭活过程中至少测试 4 个样本，最后 1 个样本中不能含有活病毒。他还建议，如果厂家发现彻底杀灭活病毒用了三天，那么福尔马林处理时间相应延长六天；如果彻底杀灭病毒用了五天，就延长十天。索尔克的这些建议是为了提高制造的安全边际，他认为这对于确保疫苗的安全性至关重要。

礼来和帕克-戴维斯都在灭活过程中测试了 6 个样本，惠氏测试了 5 个样本，毕特曼-摩尔虽然只测试了 3 个样本，但是每次都明确知晓，彻底杀灭活病毒用了三天。卡特实验室只测试了 2 个样本，而且都测出了活病毒，所以研究人员无法判断应该用福尔马林处理多久。几家公司里就数卡特实验室最不把乔纳斯·索尔克和他的理论当一回事。

第六，卡特实验室高管没有告诉包括联邦监管机构在内的任何人，他们遇到了问题，也没有咨询最有能力为他们提供帮助的乔纳斯·索尔克。卡特实验室的脊灰疫苗项目负责人沃尔特·沃德在疫苗开售前给索尔克写过几封信，但是他从未提及在灭活病毒方面遇到了问题。回过头看，这属于明显的失职。

第七，索尔克疫苗大规模实地试验的监督方出生缺陷基金会要求礼来和帕克-戴维斯连续生产 11 批通过安全测试的疫苗。联邦政府接管脊灰疫苗项目后，不再做此项质量一致性要求。后果就是，政府完全没有途径得知卡特出了问题。别说连续生产 11 批通过安全测试的疫苗，连续 4 批，卡特都没能做到。

卡特在许多事情上犯了错：过滤完的病毒在冰箱里存放许久才用福尔马林处理；灭活期间测试的样本数量最少；从未绘图计算病毒灭活需要多久；用猴肾细胞做安全测试时使用的疫苗量最少；公司内部人员也不如其他几家公司来的专业。最终导致的后果是，卡特实验室供应了美国乃至全世界最危险的脊灰疫苗。另一家公司的一位资深科学家回忆道："他们只会盲目地跟着规程走，没有自己的思考，他们没有进行思考的专业能力。"

卡特实验室的疫苗下市，公共卫生官员和联邦监管机构认为问题得到解决，松了一口气。但是亚历山大·朗缪尔将这场悲剧称作"卡特事件"其实是错误的，因为在 1955 年春天，导致美国儿童瘫痪和死亡的疫苗并不仅仅产自卡特实验室这一家公司。

七岁的帕梅拉·埃利希曼就读于宾夕法尼亚州巴克斯县的小学，她在学校注射了乔纳斯·索尔克的脊灰疫苗。接种完疫苗三天内，她的左臂瘫痪，无法自主呼吸，最终死于脊髓灰质炎。帕梅拉的父亲、当地的儿科医生富尔顿·埃利希曼打电话到学校，询问女儿接种了哪种疫苗。埃利希曼以为女儿接种的是那 2 批受污染的卡特疫苗，但是事实上，帕梅拉接种的并不是卡特疫苗，而是惠氏生产的疫苗——具体来说，是批号为 236 的那批疫苗。

朗缪尔团队发现，惠氏疫苗共导致11名儿童瘫痪，其中3人通过手臂接种。此外，与卡特疫苗的情况类似，接种惠氏疫苗的发病儿童也会把疾病传染给家庭成员和社区接触者，其中一些人出现严重瘫痪。

1955年4月30日，卡特疫苗具有危险性的事实已经坐实，行业代表开会就这一问题展开讨论。他们都感叹，自家生产的多批次疫苗没能通过安全测试，只得丢弃。朗缪尔将1955年春天发生的悲剧称作“卡特事件”，但是也许更准确的叫法应该是“量产事件”。所有厂家，甚至是为实地试验生产疫苗的礼来和帕克-戴维斯，在大规模生产脊灰疫苗时都在灭活病毒这一步遇到了困难。

参与1955年脊灰疫苗联邦监管工作的人都丢了工作，但是在这场悲剧事件中，受伤害最大或者说遭受的待遇最不公平的人是乔纳斯·索尔克。

1995年6月23日，索尔克去世。五年后，美国政府认可他的疫苗是最好的脊灰疫苗，也是美国最终使用的脊灰疫苗。索尔克在全球德高望重，但是不受科学同仁推崇，其他科学家对索尔克的线性失活理论始终心存疑虑。在1930年代、1940年代和1950年代期间，至少有8位脊髓灰质炎研究人员入选美国国家科学院，只有被科学界视为做出重要贡献的人方能入选这一赫赫有名的科学组织，索尔克不在其中。因其对致癌病毒的研究获得诺贝尔奖的雷纳托·杜尔贝科为索尔克撰写讣告，他写道：“索尔克研发出脊髓灰质炎疫苗，全球大众和政府予以了他所有最高赞誉，但是他没有得到科学界的表彰——索尔克没有得过诺贝尔奖，也没有入选美国国家科学院，因为他未曾有过创新的科学发现。”乔纳斯·索尔克到死都因为卡特悲剧受到抨击。

卡特事件标志着美国历史上首次全国范围协同应对公共卫生突发事件，它同时也是美国疾控中心发展的转折点。流行病情报局自成立以来监测了众多传染病，包括炭疽、非典（SARS）、埃博拉病毒、中东呼吸综合征（MERS）和新冠病毒感染（COVID-19），《世纪的哭泣》《恐怖地带》和《传染病》等电影对此进行了戏剧化呈现。流行病情报局官员已经确定了特定疾病的传播方式，尤其是艾滋病、埃博拉病毒和新型冠状病毒。

卡特悲剧也催生了更为严格的政府监管。脊灰疫苗灾难发生时，联邦疫苗监管刚刚起步。1955 年 7 月 15 日，卡特事件发生仅三个月后，联邦政府在国立卫生研究院内部新设独立部门——生物制品标准处。到 1956 年，疫苗监管专业人员从 10 人增长到 150 人，监管者也开始积极研究他们监管的疫苗。如今，监管当局依然要求疫苗制造商连续生产几批效力、安全性和有效性一致的疫苗，源于卡特事件的术语“一致性批次”也沿用至今。

1956 年至 1961 年间，总计 4 亿多剂索尔克的脊髓灰质炎疫苗供应入市，美国的瘫痪发病率下降了 90%，索尔克的疫苗安全有效。尽管如此，他的疫苗还是在 1960 年代初被阿尔伯特·沙宾研制的另一种脊灰疫苗取代，沙宾的疫苗通过在实验室中提取并弱化脊灰病毒制成。他的疫苗更便宜而且更容易接种（往嘴里滋，而不是在手臂上打针），十分具有吸引力。1970 年代末，脊髓灰质炎已经在美国被消灭，但是还留存了一个可怕的问题——沙宾疫苗中的病毒有可能发生倒退变异，回到接近野生脊灰病毒的状态。这种情况非常少见，每 240 万剂中只有 1 例，但是它真实存在。事实上，1980 年代和 1990 年代，美国唯一的脊髓灰质炎病例就是由沙宾的脊灰减毒活疫苗引起。

1998 年，我担任疾控中心下属免疫实践咨询委员会（ACIP）的投票成员，ACIP 负责制定在美国使用疫苗的建议。我的首个任务是领导脊灰疫苗工作组，目标是弃用沙宾的脊灰减毒活疫苗，重新用回索尔克的灭活病毒疫苗。显然，当时已经是时候做出这项改变，原因有三：第一，每年有 8 到 10 名美国儿童因接种沙宾疫苗患上脊髓灰质炎；第二，有其他国家完全没用过沙宾疫苗也根除了脊髓灰质炎；第三，过去四十年间蛋白质化学和蛋白质纯化技术的进步能够确保灭活疫苗中不含一丁点活脊灰病毒残留物。

我本以为，不费吹灰之力就能从沙宾疫苗换回索尔克疫苗，但是我错了。委员会里的好几位成员，包括因成功从地球上消灭天花而入围诺贝尔奖的亨德森，都担心灭活脊灰疫苗中可能残留活病毒。亨德森和其他人还是以卡特事件为例，这是典型的经验使人束手束脚而非愈发明智。

2000 年，美国重新用回乔纳斯·索尔克的灭活脊灰疫苗，这下再也不会有疫苗引起的脊灰病例，美国人终于可以说美国已经根除了脊髓灰质炎。

安妮·戈茨丹克毕业于俄勒冈州波特兰里德学院，主修生物学和哲学。1967 年，她和几个朋友一起，用铁链把自己绑在征兵告示板上，抗议越南战争。后来，她对心理语言学产生兴趣，并获得了加州大学圣巴巴拉分校的硕士学位。她结了婚，育有两个孩子，成为了一名生物老师，但是戈茨丹克永久性瘫痪的情况没有改变，终身与轮椅做伴。“生活中有些事情，我可能选择了将就，换到从前，估计不会这么选，”她说，“当你有肉眼可见的身体残疾，人们很难接受你——这一点永远不会改变。”

卡特事件还剩最后一项历史遗产。2020 年秋天，正值新冠疫苗研发期间，几家报纸和网络新闻都提及了卡特事件。新冠疫苗的制造计划被称为“超光速行动”（Warp Speed）①，这是 FDA 下属生物制品评估与研究中心（CBER）负责人彼得·马克斯博士起的名字，他是电视连续剧《星际迷航》的粉丝。特朗普政府为了节省时间，在大型安慰剂对照试验证明疫苗安全有效之前，便通过“超光速行动”要求几家制药公司生产数亿剂新冠疫苗。卡特事件之所以又在新闻里出现是因为“超光速行动”和 1955 年的脊灰疫苗项目十分相像——当年的项目完全可以被叫做“超光速 1 级行动”，在托马斯·弗朗西斯的实地试验完成并证明疫苗

① 也称曲速引擎（Warp Drive），是一种假想的超光速推进系统，经常出现于科幻小说的设定中，尤以在《星际迷航》中最为常见。——译者

安全有效之前，5 家制药公司便开始量产脊灰疫苗。

犹豫是否要接种新冠疫苗的人们应该谨记卡特事件，即使入组 3 万人的大规模、前瞻性、安慰剂对照研究已经表明新冠疫苗安全有效，最终还是要看量产是否遇到问题。卡特事件其实不应该叫卡特事件，而应该叫量产事件。新冠疫苗采用了以前从没用过的技术路线和生产材料，对最初量产的几百万剂疫苗持观望态度是理智的决定。

第七章

克拉伦斯·达利：X射线

1881 年 7 月 2 日，美国第 20 任总统詹姆斯·加菲尔德来到华盛顿特区第六街火车站，准备前往马萨诸塞州，到他的母校威廉姆斯学院发表演讲。陪同人有他的两个儿子詹姆斯和哈里、国务卿詹姆斯·布莱恩以及战争部长罗伯特·托德·林肯——他的父亲在十六年前遇刺身亡。失败的政治家查尔斯·吉托埋伏着，他认为加菲尔德不把自己放在眼里。吉托掏出一把不列颠斗牛犬左轮手枪开了两枪，一颗子弹擦过加菲尔德的肩膀，另一颗子弹射进他的下背部，卡在胰腺后侧。医生知道子弹是感染源，把手插进加菲尔德的背部探查；他们找不到子弹，只得恳请亚历山大·格雷厄姆·贝尔组装一个金属探测器，但是床里有金属弹簧，产生了干扰，探测器也起不了作用。几周后，加菲尔德死于伤口化脓感染。

1901 年 9 月 6 日，美国第 25 任总统威廉·麦金莱在纽约布法罗泛美博览会上向支持者致意。趁着麦金莱伸手，无政府主义者里昂·乔戈什掏出藏在手帕下的一把32口径左轮手枪，朝着麦金莱连开两枪，一颗子弹击中麦金莱的肩膀，另一颗子弹射进了他的胃部。和詹姆斯·加菲尔德当年的情况一样，外科医生没能找到麦金莱体内的子弹。一周后，总统死于大面积细菌感染。麦金莱去世后，西奥多·罗斯福成为美国第26任总统。

1912年10月14日，西奥多·罗斯福前往威斯康星州密尔沃基，代表进步党（又称公麋党）发表演讲。就在罗斯福走出吉尔帕特里克酒店前往密尔沃基礼堂的途中，跟踪罗斯福数周的酒馆老板约翰·施兰克掏出一把38口径柯尔特特装型手枪，朝罗斯福的胸口开了一枪，子弹没打中心脏，因为击中了罗斯福的钢制眼镜盒和塞在夹克里的50页手稿，产生了弹道偏转。罗斯福的情况和加菲尔德与麦金莱不同，他比他们多了一个优势——诊断测试显示，子弹卡在他的第三和第四肋骨之间。谁能想到，罗斯福在去医院之前，一边鲜血渗出衬衫，一边发表了长达九十分钟的演讲。“女士们，先生们，”他在演讲开头说，“我不知道你们是否能完全明白，我刚刚中枪了。不过，要杀死一个公麋党人，一枪还差远了！”

在能够定位罗斯福胸腔里子弹的技术发明之前，医生们只能用手指在体内盲目探查，寻找囊肿、肿瘤、结石和异物。诊断骨折也很可怕，编写于1796年的一本教科书里指导医生“抓起肢体，左右转动，边转边听碎骨发出的刮擦声或摩擦声”。新技术的诞生给这一切盲目搜寻画上了句号。现在，医生可以看到骨折、异物、肿瘤、肺炎、卵巢囊肿、肾结石或子弹，他们能看到病人的身体内部了！

威廉·康拉德·伦琴是德国维尔茨堡大学的物理学教授。1895年，伦琴五十岁，11月8日星期五晚上，他给一个部分真空的玻璃管通电。这不是什么新鲜事，物理学家研究电流对气体的影响已经有几十年，但是这次不一样，伦琴即将发现的东西，超乎之前所有想象。

伦琴研究的是克鲁克斯管。（克鲁克斯管现称阴极射线管，用于雷达显示器和电视。）物理学家已经证明，克鲁克斯管产生克鲁克斯射线，这是一种高速电子，能够穿透玻璃管几英寸，穿透玻璃管的电子束接触某些化学物质可以使其发光（荧光）。伦琴为之后的实验做好了准备，他在一张纸上涂敷一种化学物质，这种化学物质被高能电子撞击会发出荧光。他把纸放在一边，但是当伦琴给克鲁克斯管通电时，他注意到几英尺外的纸张上出现了一丝闪烁的微光。这说不通，纸张离开玻璃管的距离远远超过克鲁克斯射线的射程范围，而且玻璃管已经用黑色厚纸板包裹，理论上射线无法穿透玻璃管。伦琴首先确认房间里没有其他光源，他再次拉紧所有百叶窗和窗帘，发现微光依然存在。断开克鲁克斯管中的电流，微光消失；打开电源，微光再次出现。结论显而易见：这种不寻常的远射程高能射线来自玻璃管内。

在接下去的七周里，伦琴吃住在实验室，把教学任务抛在一旁，不让助手进入实验室，连家人也基本不见。他的妻子安娜·伯莎担心他精神出了问题。伦琴发现，这种新射线不仅能穿透厚纸板使屏幕发出荧光，还能穿透1000页的书、两副扑克牌、一张锡纸、厚木块、好几片硬橡胶和铝板，但是穿透不了铅。当他把手放在管子和涂有化学涂层的纸张之间，他看到了一个东西，鬼魅般，让人费解，仿佛不属于这个世界——屏幕上投射出了他的手骨！伦琴因为小时候生病，一只眼睛失明，他还是色盲，所以他的实验日志里从来没有记录荧光呈黄绿色。他对眼前所见提出质疑。“这是现实还是错觉?”他后来回忆道，“我在怀疑和希望之间挣扎。”伦琴在给他的老朋友、物理学家路德维希·曾德的一封信中写道：“我没有和任何人提起我的研究，同我夫人我也只是说，人们如果发现我正在研究的东西会说‘伦琴肯定疯了’。”

1895年12月22日，伦琴带妻子来到实验室。这一次，他没有使用涂敷荧光化学物质的纸张，而是放了一块可以永久成像的玻璃感光板。他让妻子把手放在克鲁克斯管和玻璃板之间，保持十五分钟。当她看到自己的手骨和戴在手指上的印章戒指轮廓，尖声叫道：“我看到了死后的自己!”这就是人类对世界上第一张永久射线照片的反应。

伦琴在发现X射线五十天后将自己的研究结果提交给维尔茨堡物理医学协会，协会发表了他的手写文章，标题为《关于一种新射线》。伦琴在文章中以代表未知数的数学符号命名这一新射线——X射线。

一夜之间，伦琴名声大噪。人们以他的名字命名街道，在街上叫住他，为他建造雕像。1901年12月10日，首届诺贝尔物理学奖授予伦琴，“以表彰由他发现并既而以他命名的超凡射线带来的非凡贡献”。（许多国家现在仍然把 X 射线称为伦琴射线。）如今，发表获奖感言已经成为惯例，但是伦琴当时没有在诺贝尔奖颁奖典礼上发表演讲，他只是谦虚地领了奖，然后回到座位坐下。

1895 年 12 月 30 日，伦琴发表论文仅仅两天后，一名手上扎进针的女子来到英国伯明翰皇后医院看病。J. R. 拉特克利夫博士和他的同事约翰·霍尔-爱德华兹给女子的手拍了一张 X 光片，把片子交给她并嘱咐她第二天早上带着片子去看外科医生。这是为辅助外科手术拍摄的第一张 X 光片。

1896 年 1 月 4 日，伦琴发表研究结果一周后，柏林媒体对此进行了报道。第二天，伦琴的发现通过电报传遍世界。《纽约时报》写道：“整个科学界同时因为一项科学发现激动沸腾，这可能前所未有。”

几个月内，关于伦琴发现的消息被翻译成了几乎每一种语言。到 1896 年底，关于神奇新射线的论文达到 50 篇，文章达到 1000 篇。起初，这项新技术被称为阴影摄影术（skiagraphy），后来改名为放射摄影术（radiography）。

1896 年 2 月 3 日，这项新技术首次登陆美国，达特茅斯学院的物理学家给小男孩埃迪·麦卡锡的手腕拍摄 X 光片，男孩在康涅狄格河上滑冰时不慎摔倒，X 光片显示他的腕部尺骨骨折。

X 光片由伦琴发明不到五年就成为了必不可少的临床诊断手

段。1900年，费城宾夕法尼亚医院1.3%的患者拍摄了X光片；1925年，这一比例达到25%。2009年，伦敦科学博物馆进行了一项民意调查，结果显示X光片发明的重要性一举超过青霉素、计算机、机动车、电报和DNA双螺旋结构。

新技术让人们既不解又害怕，有好奇的，也有被骗的。小贩声称X射线可以把普通金属变成黄金。艾奥瓦州锡达拉皮兹市的一家报纸写道："乔治·约翰逊用X射线做实验，花了三个小时，价值约13美分的廉价金属变成了价值153美元的黄金，经检测是纯金。"通灵者声称，X射线可以在死亡解脱前使灵魂显现；物理学家把科学设备带去降神会，想看看能否通过X射线了解灵媒如何读心或预见未来。在纽约，拍摄X光照片在女性中成为一种时尚。《纽约时报》写道："许多女性纯粹为了好玩拍摄手部（X光照片），可能是作为纪念品带回家。"歌剧院、路边摊和百货商店里都摆放着X光机。漫画书里出现"X射线眼镜"；超人拥有X光眼。

但是人们最担心的还是失去隐私，害怕税务机关使用X射线探测他们藏匿的钱财，或是公路劫匪利用X射线透视口袋实施抢劫。伦敦某报纸刊登"防X光内衣"的广告。1896年2月19日，距离伦琴发表他的发现只过去两个月，新泽西州萨默塞特郡的议员里德提出法案，"禁止在剧院使用X射线歌剧眼镜"。

许多民众担心科学家成了"巫师的学徒"，学徒控制不了施出的魔法。公众害怕失去隐私可以说既愚蠢又毫无根据，但是他们感到害怕是对的。事实证明，有一个意想不到的后果远比人们想象的糟糕。

X射线隐形危害的第一位受害者是一个名叫赫伯特·霍克斯的年轻哥伦比亚大学毕业生。1896 年 8 月，霍克斯找到一份工作，在纽约市布鲁明戴尔百货店展示 X 光机。他每天工作两到三个小时，工作内容就是拍 X 光片，有时把头凑到机器旁边给顾客展示下颌骨。四天后，霍克斯的双手出现肿胀，皮肤被灼伤，指节酸痛，指甲停止生长，脸部和太阳穴的毛发脱落。上班两周后，他的手开始蜕皮，睫毛脱落，眼皮肿胀，视线也变得模糊。霍克斯尝试戴手套，在头上涂满凡士林，用锡纸包裹双手，但是都没有用。又过了两周，他不得不停止工作。医生和科学家对霍克斯症状的原因展开讨论：会不会是高压发电机发出的电火花引起的？是因为 X 光管的紫外线辐射？还是用来成像的荧光化学物质？

接着又出现了更多案例：

● 波士顿一个名叫 G. A. 弗雷的克鲁克斯管制造商报告说，他和另一位同事都出现了手部皮肤变红、变硬和蜕皮，指甲感觉像“被锤子重击”。

● 明尼苏达大学的一位科学家形容他的整个前额变成了“愤怒的恶疮”，口腔内严重起泡，只能吃少量流质食物。

● 一个名叫威廉·利维的三十岁男子曾被在逃银行劫匪开枪射中，子弹嵌在头骨里十年，他想让医生把子弹取出来，但是手术前必须先接受十四个小时的X光照射。不到一天，他的整颗脑袋起水泡；几天后，嘴唇干裂流血，右耳肿成原先的一倍大，右半边头上的头发也掉光了。

到1896年年底，几乎所有知名的电气学、医学和科学期刊都刊登了X射线烧伤的头版新闻。

不过，付出代价最沉重的是冲在新技术第一线的放射科医生和放射技术员，他们大多将自己视为以X射线拯救生命的高尚战士和“科学的殉道者”。

1896年11月，美国放射学奠基人之一沃尔特·多德的双手皮肤被严重烧伤，不到五个月，疼痛变得“难以言表”，脸和手都明显灼伤。在痛到难以入睡的夜晚，多德会以双手高举过头的姿势在麻省总医院里来回踱步。1897年7月，多德接受了第一次皮肤移植，后来又陆续做了50次，但是所有移植都失败了。慢慢地，他的手指一根一根被切除，多德拖到最后一刻才将小指切除，因为正如他所说：“我总得有其他手指和拇指配合（即拇指对掌①）。”

1905年8月3日，全世界经验最丰富的女性放射技术员伊丽莎白·弗莱希曼在经受了一系列截肢手术后，因X射线诱发的癌症去世，年仅四十六岁。弗莱希曼于美西战争期间在菲律宾为士兵进行X光检查，因此享誉世界。她去世后，各大报纸几乎都刊登了“美国圣女贞德”的悼词，称她为放射学的又一位烈士。

---

① 拇指对掌是人类手部三大功能之一，即拇指指腹与其他手指掌面相对。——译者

英国人约翰·霍尔-爱德华兹是最早一批拍摄X射线照片的摄影师，他也是X射线的狂热拥趸，坚信这些问题和X射线无关，但是他最终也不得不面对现实。1897年1月，X射线技术刚刚起步，霍尔-爱德华兹每天暴露在X射线下数小时，他写道："我们听到过许多X射线对皮肤造成的影响，我认为这肯定是操作员的个体差异造成的，过去十一个月来我每天都在做实验，没有出现任何此类症状。"1899年，霍尔-爱德华兹已经是皇家摄影学会的荣誉会员，此时他的想法开始发生转变。"离开X光管不同距离，持续长时间地暴露在射线下，手会受影响，虽然不舒服，但并不危险。指甲的生长和营养受到干扰，指甲根部的皮肤发红、极度敏感、开裂；指甲变得又薄又脆。大多数固定工都有这些症状。"1904年，约翰·霍尔-爱德华兹终于相信X射线会造成永久性严重危害，他强烈敦促年轻工人尽可能采取一切防护措施，以免后悔莫及；此时他的手已经痛到"仿佛老鼠啃噬骨头"。1906年，他的左臂完全废了，只能绑着手臂吊带。1908年，左臂出现癌变，只得进行肘部以下截肢，右手手指也被切除。

截至1911年，累计报告的X射线诱发癌症病例超过50例，患病的主要是放射科医生。1926年，《纽约时报》报道了约翰·霍普金斯医院放射科医生弗雷德里克·H. 贝杰尔接受的第72次手术，在那之前，他已经因为研究X射线失去了8根手指和1只眼睛。报道中写道："贝杰尔为了科学事业受尽折磨，但是他表示，不论有手指还是没手指，他都将在有生之年继续从事研究工作。"为了纪念这些早期从业者的无私奉献，珀西·布朗博士写了一本书，书名为《美国的科学殉道者：伦琴射线》。二十年后，布朗死于X射线诱发的癌症。

历史学家贝蒂安·凯夫尔斯描述了1920年的一次放射科医生专业会议，许多与会者失去了手和手指，吃晚餐时，鸡肉端上桌，没人有能力切肉。

伊丽莎白·弗莱希曼不是第一个因为研究X射线去世的美国人，她是第二个，第一个人叫克拉伦斯·达利（Clarence Dally），他之所以出名是因为他臭名昭著的老板——托马斯·阿尔瓦·爱迪生。

1879年，威廉·康拉德·伦琴发现X射线十几年前，爱迪生发明了电灯泡[①]，电流流过碳丝或钨丝产生可见光。爱迪生了解到伦琴的发现，有了一个更好的主意，他想用X射线撞击克鲁克斯管内部的荧光化学物质发电，替代玻璃灯泡中的灯丝。爱迪生的期待是新灯泡比他发明的灯泡更亮更便宜。负责该项目的技术人员便是克拉伦斯·达利。

1896年，二十四岁的达利加入位于新泽西州西奥兰治的爱迪生实验室，工作内容是制造克鲁克斯管和开展效率测试，测试方法是将左手放在玻璃管和荧光屏之间——达利是右撇子——手在屏幕上的成像清晰即代表克鲁克斯管质量达标，如果成像不清晰，他会进行适当调整。达利在爱迪生实验室工作了八年，制作

---

① 更准确地说，是白炽灯。——译者

了数百根克鲁克斯管，拍摄了数千张手部X光照片，动辄每周接触有害射线长达九十个小时。

一开始，达利的头发、眉毛和睫毛脱落，脸上长出许多皱纹，明明只有三十几岁，看起来却像六十几岁。他的左手手背上长了又深又痛的溃疡，已经严重发炎，于是他做设备测试时从左手换到了右手。后来，达利的手实在太疼，一直疼，一刻不停地疼，他只有把手浸没在水里才能入睡。到1901年，达利已经接受了7次手术，尝试移植过150多块腿部皮肤到左手，但是一次都没成功。1901年，他的左臂出现癌变，只得截肢。1903年，他右手的4根手指被切除，接着整条右臂也被截肢。达利停止工作后，爱迪生同意继续给他发工资。1904年10月2日，克拉伦斯·达利因癌症去世，年仅三十九岁，留下妻子和两个年幼的孩子。

达利去世后，托马斯·爱迪生不再碰X射线。对于用X射线发电做灯泡的想法，他说："我可以把灯泡做出来，但是我发现如果长时间使用这种灯泡，所有人都会死。"多年后，爱迪生被问及达利的实验，他答道："别和我提X射线，我怕它。"爱迪生一直牙疼，但是他拒绝拍摄口腔X光片，坚持让牙医直接拔牙。

伊丽莎白·弗莱希曼和克拉伦斯·达利是最早因接触X射线去世的人，但是死去的人不止他俩，远远不止。1936年，一座纪念碑在德国汉堡圣乔治医院的花园里竖起，以纪念因工作丧生的早期X射线先驱。纪念碑上刻有来自15个国家的169个人名和一段话："致与疾病斗争献出生命的各国X射线学家和放射学家、医生、物理学家、化学家、技术人员、实验室工作人员和医院护士，……逝者的工作造就了不朽荣耀。”法国放射科医生安托万·贝克莱尔在纪念碑落成典礼上致辞：“这些高尚的殉道者讲着不同的语言，来自不同的国家，属于不同的民族，信仰不同的宗教，但是他们有着同一个敌人，所有人不顾生命危险，投身战斗……不曾惧怕自己可能会因为手中的双刃武器受到伤害或失去生命。”到 1959 年，X 射线致死人数从 169 人增加到了 359 人。

在开始回答早期 X 射线悲剧是否可以避免的问题之前，了解清楚 X 射线到底是什么，可能会有所帮助。

我们从头开始讲。

所有物质由原子组成。这本书所用的纸，印刷文字的墨水，阅读文字的眼睛，处理文字的大脑，全部由原子组成。原子就像微型太阳系，在原子的中心（原子核）有两种不同的粒子，分别叫做质子和中子。质子带正电，中子呈电中性，因此原子核带正电。原子核周围围绕着电子云，电子带负电。原子既不喜欢带正电也不喜欢带负电，而是喜欢保持电中性，所以，原子核里但凡有 1 个质子，必然会有 1 个电子围绕它运行。有 1 个质子和 1 个电子的原子称为氢；有 2 个质子和 2 个电子的称为氦；有 8 个质子和 8 个电子的称为氧，依此类推构成了元素周期表中的 118 个原子（或元素）。

原子结合形成分子。例如，2 个氢原子和 1 个氧原子结合形成水分子（H_2O）。8 个碳原子、10 个氢原子、4 个氮原子和 2 个氧原子结合形成咖啡因分子（$C_8H_{10}N_4O_2$）。

当原子失去 1 个电子，它便不再呈电中性，因为电子带负电，失去电子的原子变为带正电；而当原子获得 1 个电子，它就会带负电，带正电或负电的原子叫做离子，X 射线这就登场了——X 射线能够产生电离作用，将中性的原子变为离子。

X 射线和可见光有一个共同点，它们都以能量波的形式传播，这种能量波叫做电磁波。两者的电磁波属于不同类型，区别在于频率或大小（波长）以及波的能量。相较于可见光，X 射线的波长更短，能量更高，高得多。因此，X 射线可以穿透皮肤，在不受阻碍的情况下穿过皮肤使 X 射线胶片曝光。当 X 射线遇到空气（例如肺部里的空气），穿透身体后曝光 X 射线胶片，这部分胶片呈黑色；当 X 射线遇到骨骼便无法穿透身体，而是被骨骼吸收，这部分的 X 射线胶片就会呈白色即未曝光状态。在胸部 X 光片上，白色的是骨头，黑色的是肺。反之，可见光的能量不足以穿透人体，太阳光之所以投射出影子，正是因为它无法穿透皮肤。

电磁波谱包括许多不同类型的波，可见光和 X 射线是其中两种。危险性最小的是无线电波、微波、红外线和可见光，它们都没有电离作用；最危险的是具有电离作用的 X 射线、伽马射线和高频紫外线。（太阳光中的紫外线辐射导致皮肤癌。）

X 射线危险而可见光不危险的原因是，电离辐射会破坏分子键。X 射线破坏的最重要的分子是生命的蓝图 DNA。一旦 DNA

受损，细胞就会癌变。电离辐射致癌最严重的例子是核电站灾难（如切尔诺贝利核事故）和原子弹爆炸（如二战末期投在广岛和长崎的原子弹）的后遗症。

X射线的威力如此巨大，早期X光机又那般粗糙，这么一想，就很容易理解为什么参加1920年那场专业会议的放射科医生里几乎没几个人能切鸡肉，也不难理解为什么后来有那么多人死于癌症。

最初的X光机既笨重噪音又大，火花四溅，气味难闻，很容易发生事故和造成人员伤害。可以说，20世纪初市售的所有X光机质量都不牢靠。用作电源的静态发电机经常出问题，容易受到环境湿度变化的影响；克鲁克斯管易碎，聚焦差，产生的射线波长经常变化；玻璃感光板也很脆，而且很少有医生具备洗片[①]技能。

为了拍出清晰的图像，病人通常需要靠到克鲁克斯管边上，管子偶尔会爆炸，熔融玻璃溅洒病人一身。因为X光机体积庞大、难以移动，患者和放射科医生经常不得不把身体扭成奇怪的角度才能拍到照片。有头朝下倒挂在椅子上的患者，有被绑在木板上的，还有被铁链吊在机器上方的，照X光期间，患者必须保持静止不动好几个小时。固定患者的手段多种多样，包括使用又大又重的沙袋和麻醉。

---

① 冲洗X光胶片主要由显影、定影、冲洗和烘干四部分组成。——译者

拍出清晰的图像对X光机操作员来说简直是一场噩梦。克鲁克斯管的抽真空度差异很大，每根都不一样。放射科医生必须一根一根地测试管子质量，也就是先给他们自己的手照X光，经常要照好几次才能得到足够清晰的图像。

最近，荷兰科学家找到一台老式X光机，和20世纪初的机型类似。他们发现，这台机器散发的辐射量比患者如今接触的辐射量高1500倍；另外，在20世纪初，X射线的暴露时间从十分钟到几个小时不等，如今只有约20毫秒（1毫秒是千分之一秒）；而且，如今医疗技术员在打开X光机之前就会离开房间，这和X射线技术问世早期的做法也不同。

1896年至1930年间，数以万计的放射科医生、技术人员和患者遭受烧伤、脱发和骨痛；上千人失去手指、手和手臂；数百人死于癌症。

回到我们的问题，早期X射线造成的伤害可以避免吗？

X光机不做防护、患者不做防护、放射科医生和技术人员也不做防护的情况持续了几十年，而这是完全可以避免的，有一个人就是最强有力的证据——长时间暴露于X射线的可怕副作用比如皮肤灼伤、脱发和癌症，他一概没有，这个人就是威廉·康拉德·伦琴。伦琴在他1896年1月发表的第一篇论文中，清楚地描述了这种新射线无法穿透铅。事实上，伦琴在研究X射线时，始终将克鲁克斯管放置在衬铅内里的盒子中，保护自己不受有害射线的伤害。

1898年，伦琴发现X射线两年后，市场上开始销售衬铅内里橡胶手套。到了1905年，英国已经开始常规使用全套防护装备，包括围裙、手套和头罩。1908年，英国人约翰·霍尔-爱德华兹发布一整套规则，包括透出X射线束的小孔、操作员与克鲁克斯管之间的推荐距离以及常规穿戴不透射线的围裙和铅眼镜。同年，在伦敦的一家医院，操作员不再用自己的手检查成像质量，克鲁克斯管一律放进铅盒。

1910年代和1920年代，X射线设备的每个元件都经历了至少一次重大改进：薄壁克鲁克斯玻璃管被淘汰，换为更坚固和可调节的热阴极管；玻璃感光板被胶片取代；全面普及的电气化使得静电发电机成为过去式；交流电带来更高的电压；光阑阻挡杂散辐射，成像变得更为清晰；射线暴露时间也普遍缩短。

1920年代末，X光机终于从冒着黑烟、问题频出的展示品变成了不扎眼的临床器械。1928年，国际放射学大会终于站出来规范行业，推出辐射测量系统，并制定工作人员安全指南。

现在，全球每年进行50亿次X光检查（包括常规X光检查、CT扫描、乳房X光检查和牙科X光检查）。操作X光检查的3万名放射科医生、20万名牙医和20万X光技术员的患癌风险和普通大众并无二致。

20世纪初，随着美国人愈发了解这项新技术的危险性，歌剧院、街边小摊和百货商店里的X光机被撤走，但是它在一个广受欢迎的场所继续存在了很久。1930年代、1940年代和1950年代，鞋店使用X光机辅助试鞋。在这股热潮的鼎盛期，大约有1万家鞋店以 X 光机作为宣传噱头。1970 年代，33 个州禁止在鞋店使用 X 光机，其余 17 个州出台严格的规定，杜绝了这种做法。1981 年，在西弗吉尼亚州麦迪逊市一家百货公司的鞋类专区，人们发现了这种危险行为的最后一件遗留物。

第三部

意外发现

1901 年，亨利·泰勒在制作白喉抗血清时已经知道血清来源马匹死于破伤风。他的错误导致 13 名儿童死亡。

1937 年，哈罗德·沃特金斯选择二甘醇作为世界上第一种抗生素的溶剂，他本应该知道产品可能导致肾衰竭，因为早在六年前，这种潜在的致命副作用已经发表在科学期刊上。沃特金斯的无知导致 105 人死亡，其中包括 34 名儿童。

这些本可避免的悲剧并不只存在于遥远的过去。例如 2014 年，叙利亚医护人员在稀释麻疹-腮腺炎-风疹（MMR）三联疫苗时，无意中将肌肉松弛剂作为生理盐水使用，导致 15 名儿童窒息死亡。这不是疫苗本身或疫苗厂家的错。

从事医学研究和医疗保健的是人，是人就会犯错。上述悲剧既不能增进知识，也无法改进产品。白喉抗血清、磺胺药片和 MMR 疫苗的制作方式并没有因为惨剧发生任何改变。

但是也有一些悲剧直接带来了拯救生命的医疗产品。在接下来的两章中（关于癌症疗法和基因治疗），读者将读到 11 名波士顿儿童和 1 名费城青少年的死亡惨剧如何催生出如今每年拯救数千美国儿童生命的医疗产品。

第八章

11 个无名儿童：化疗

在美国，癌症是仅次于心脏病的第二大杀手，每 4 例死亡中就有 1 例的死因是癌症。2021 年，美国预计新发 180 万例癌症，60 万人因癌症去世。

最常见的儿童癌症是白血病——特指急性淋巴细胞白血病（ALL）。1940 年代，得了白血病就是被判死刑。如今，随着化疗的出现，大多数白血病患儿能够痊愈。然而，化疗通向成功的道路上却布满悲剧，最严重的一次发生在 1946 年，11 名儿童因此丧生。

首个癌症化疗药和一战期间的一次集体中毒事件有很大的关系。1917 年 7 月 12 日，德军指挥官下令向比利时小镇伊普尔附近的英军释放毒气，英军士兵毫无防备。起初，他们发现脚边飘来微微发光的浓厚云团，空气中弥漫着一股奇怪的芥末味。但是这种气体和以往的化学战不同，它可以穿透皮革、橡胶和布料，使防毒面具失效。毒气笼罩战场数天。士兵们先是感到疼痛，皮肤上起溃烂水疱，随着气体渗入肺部，他们开始咳血，一些人永久失明。德军控制不了风向，所以双方士兵其实都受到了影响。这种毒气通过硫二甘醇（一种染料）和盐酸发生反应制得，因为闻起来像芥末得名芥子气。截至一战结束，芥子气一共毒伤 120 万士兵，毒死超过 10 万士兵。

芥子气袭击的幸存者后来患上了严重的贫血，必须每月输血。他们还很容易发生反复感染，一直好不了，有时是致命的感染。1919 年，一战结束一年后，两位美国病理学家海伦·克伦巴尔和爱德华·克伦巴尔对 75 名死于芥子气的士兵进行了尸检。他们发现，这种气体会耗尽骨髓——骨髓生成红细胞、白细胞和血小板；他们还发现，生成白细胞的另一个器官淋巴结也缩小了。克伦巴尔夫妇于 1919 年发表了他们的研究结果，但是没有引起注意，尤其是没有人意识到，如果芥子气能够清除白细胞和缩小淋巴结，也许它也可以清除骨髓瘤（白血病）和淋巴结瘤（淋巴癌）。

时间快进到二战。

1943 年 12 月 2 日傍晚，一队德国空军突袭意大利南部沿海渔镇巴里镇附近的港口，15 艘美国船只被击沉，8 艘被击毁，其中一艘名为 SS John Harvey 的货船载有数百万加仑汽油，发生了大爆炸，瞬间被炸得粉碎。这艘船除了载有汽油以外，其实还载着 70 吨芥子气——这一点连许多船员都不知情。虽然 1925 年《日内瓦议定书》禁止在战争中使用毒气，但是温斯顿·丘吉尔和富兰克林·德拉诺·罗斯福都担心德国人不守规矩，所以也扩充了自家的武器库。

那天，沿着巴里海岸线的亚得里亚海海面上漂浮着600多人，其中83人在一周内死去，又有100人在之后的几个月里死亡。美军指派精通化学战的医生斯图尔特·亚历山大中校调查此事。亚历山大很快意识到，造成这般死亡的只可能是芥子气，他也发现幸存者的骨髓耗尽、淋巴结缩小，和克伦巴尔夫妇的发现相似。然而，就在亚历山大即将发表报告之际，丘吉尔下令将芥子气灼伤写成“敌军行动导致的皮炎（皮肤炎症）”。丘吉尔不希望全世界知道盟军违反了《日内瓦议定书》。

巴里海岸爆炸发生时期，美国化学战研究中心（CWS）是从属于科学研究与发展办公室（OSRD）的秘密机构。亚历山大中校提交报告后，OSRD聘请耶鲁大学的两名药理学家路易斯·古德曼和阿尔弗雷德·吉尔曼，研究是否有可能将芥子气用于癌症治疗。首先，古德曼和吉尔曼用氮原子代替硫原子，使气体转化为液体。这种新药被命名为氮芥。他们用患有淋巴瘤的兔子和小鼠测试氮芥，发现新药可以缩小肿瘤、延长生命。最终，他们说服了外科医生朋友古斯塔夫·林斯科格给一名来自纽约的四十八岁男性淋巴瘤患者使用该药，这是一次秘密行动。将近七十年后，2011年1月19日，林斯科格病人的病例才在耶鲁大学校外储存设施中被发现，该名患者代号“JD”。

JD于1894年出生在波兰，十八岁时移民到美国，在一家滚珠轴承厂工作。1940 年 8 月，淋巴瘤来势汹汹，侵袭了 JD 整片右侧脖子，他几乎无法张嘴，无法转动头部，无法吞咽和入睡。1941 年 2 月，他被转诊到耶鲁医学中心接受放射治疗，每天一次，两周后情况有所好转，但只是短暂的好转。1942 年 8 月，他出现呼吸困难，无法进食，体重大幅下降。8 月 27 日上午 10 点，JD 成为有史以来第一个接受抗癌药物治疗的人。他每天注射一次氮芥，连续十天，注射到第五剂时，肿瘤出现消退；终于，他可以转动头部也能吃东西了。然而过了一个月，肿瘤复发，他需要再接受三天的氮芥治疗；这次同样只是短暂的好转，所以他又接受了六天治疗，可是却毫无效果。1942 年 12 月 1 日，距离 JD 接受第一剂氮芥治疗九十六天后，他去世了。因为这是 OSRD 的秘密行动，所以“氮芥”这个词从来没有出现在 JD 的病历上，医生将这一药物写作“X 物质”。

第一篇描述氮芥对癌症疗效的论文直到四年后的 1946 年才发表。1946 年 10 月 6 日，《纽约时报》刊登题为《试验开展，战争毒气用于癌症治疗》的文章，文中写道：“用于战争的致命起疱毒气也许对癌症患者有所帮助，陆军化学兵团医疗部即将对此展开研究。”氮芥为抗击癌症带来了第一缕希望。

现代化疗的时代就此开启。

淋巴瘤的治疗结果给了科学家和医生鼓舞，于是他们将注意力转向最令人心碎的一种癌症——儿童白血病。1940 年代，白血病患儿平均活不过四个月，活到一年已是罕见，十四个月是极限。大多数白血病患儿的年龄在三岁到七岁之间。

白血病患儿的骨髓中充满癌变白细胞，它们取代了红细胞和血小板，成千上万的癌变白细胞从骨髓中溢出，涌入血液。（白血病的英文 leukemia 一词源自希腊语，意为“白血”。）这些癌变白细胞无法正常工作，因此患儿很容易发生严重感染。1940 年代中期，白血病无药可医，患儿靠输血治疗贫血，靠抗生素治疗感染，要不然就只能远远地待在病房里安然等死，但是他们的死和安然没有一丝关系。

充斥骨髓的癌变白细胞使骨头变得脆弱易断，这种现象叫做病理性骨折，患者极其痛苦。白血病患儿体重减轻，长期感到疲劳，肝脏肿大影响进食，脾脏肿大容易破裂。在没有血小板输注的年代，患儿经常因为小小的划伤或摔跤引发大出血。白血病有很多可怕的症状，比如口腔溃疡、牙龈出血和淋巴结肿大，这些还只是其中的一小部分。而父母面对这一切却什么也做不了，只能眼睁睁地看着孩子的生命一点点耗竭。

第一个向凶恶的白血病发起抵抗的是西德尼·法伯博士。法伯出生于纽约布法罗，在家中 14 个孩子里排行老三。1923 年，他从纽约州立大学毕业，想上医学院，但是 1920 年代中期，美国医学院一般不录取犹太人。因此，能说一口流利德语的法伯转投欧洲，进入海德堡大学医学院就读，学业非常出色。之后，他转学到哈佛医学院并于 1927 年毕业。法伯在彼得·本特·布莱根医院（现布莱根妇女医院）学习了病理学，并成为第一个在儿童医院就职的病理医生。1947 年至 1948 年间，法伯被任命为波士顿儿童医院首席病理学家和哈佛医学院病理学教授。法伯在职业生涯中一共发表了270多篇科学论文；他的著作《尸检》至今仍是经典。如今，他的姓名已是不朽，全球最知名的癌症中心之一——位于波士顿、隶属于哈佛医学院的丹娜-法伯癌症研究所便是以法伯命名。总之，说到哪个人一手造成了历史上最严重的化疗悲剧之一，没人会想到西德尼·法伯。

悲剧的源头要追溯到露西·威尔斯博士的发现。1928年，刚刚从伦敦女子医学院毕业的威尔斯前往孟买，调查一种不寻常的女性严重贫血症。她认为贫血由营养缺乏导致。当时已知两种形式的营养性贫血。第一种是缺铁性贫血，但是威尔斯发现这些女性的饮食中含有大量的铁，所以不是这个原因。第二种叫做恶性贫血，通过食用生肝可以治好。生肝是维生素 B_{12} 的极佳来源。威尔斯发现，食用肝脏确实治好了这些印度女性的贫血，但是起作用的另有他物，并不是维生素 B_{12}。起初，这种物质被称为威尔斯因子，很快改名为叶酸，菠菜、甘蓝、芦笋和西兰花等深绿色叶菜中也含有叶酸。（叶酸的英文 folic 一词源自拉丁语 folium，意为“叶子”。）事实证明，叶酸，也称维生素 B_9，对于 DNA（细胞生长和繁殖的蓝图）和 RNA（负责生成细胞存活必需的蛋白质）的合成至关重要。简而言之，叶酸是一种细胞生长因子，医生应该绝对不会用叶酸治疗癌症患儿，因为患儿需要的恰恰是阻止体内癌细胞的快速生长。

1938年，维也纳医生丹尼尔·拉斯洛与纽约西奈山医院的理查德·刘易森、鲁道夫·洛希滕贝格和塞西莉·洛希滕贝格合作，研究营养因子对癌症治疗的作用。六年后，1944 年，该团队发表第一篇论文，题为《“叶酸”：一种肿瘤生长抑制剂》。他们发现叶酸抑制了 7 只小鼠的肿瘤生长，这出乎所有人的意料。接着他们发现“叶酸浓缩物”抑制了 117 只小鼠的肿瘤，然后又有 10 个实验表明它抑制了 364 只小鼠的肿瘤。这篇论文发表于著名的《实验生物学和医学学会论文集》，西奈山团队在论文里始终给叶酸一词打引号。他们推测，肝脏和酵母提取物的抗肿瘤活性来自这种维生素，但是由于叶酸尚未被提纯或合成，他们无法百分百确定改善小鼠症状的物质究竟是什么，所以打引号给自己留余地。

1945 年 1 月 12 日，西奈山团队发表了第二篇论文，题为《“叶酸”对小鼠自发性乳腺癌的作用》。这篇论文同样发表于著名期刊（《科学》），研究人员依然给叶酸打引号。这一次，团队发现，这种他们认为是叶酸的物质使 38 只小鼠的自发性乳腺癌完全消退。

这些论文引起了西德尼·法伯的兴趣，他读了论文——终于有减轻白血病患儿痛苦的方法了。1946 年，法伯给老朋友叶拉普拉贾达·苏巴罗①打电话，苏巴罗在纽约上州一家制药公司莱德利实验室（Lederle Laboratories）工作。法伯请苏巴罗帮忙提纯叶酸，西奈山研究团队使用肝脏或酵母提取物作为叶酸来源，法

① Yellapragada Subbarow，印度裔生物化学家，发现三磷酸腺苷（ATP）为细胞的各项生命活动提供能量，开发了用于治疗癌症的甲氨蝶呤。——译者

伯不打算这样做，他要给患儿更纯净、更安全、更强大的物质。1946年夏天，法伯拿到了他需要的东西。在接下来的几周里，他给11名白血病患儿使用了纯叶酸。结果，一个孩子血液中的癌变白细胞数量翻了一倍；另一个孩子的白血病浸润直接从骨髓爆出到皮肤表面；叶酸加速了所有孩子的死亡。把死亡率100%且存活期只有几个月的疾病越治越坏不是一件容易的事，但是西德尼·法伯做到了。法伯后来说，接受叶酸治疗的儿童骨髓中的白血病细胞数量是他见过最多的。

法伯从未报告这些孩子的遭遇，而是在之后的发表物中将此次事件称为“加速现象”，委婉地表述加快了11个儿童的迅速死亡。波士顿儿童医院和全国各地医院的儿科医生对法伯的狂妄自大感到极度愤怒。

1946年11月8日，西德尼·法伯给11名白血病患儿使用叶酸的当年，西奈山研究人员在《科学》杂志上发表论文，澄清了疑惑。在这第三篇论文中，研究人员阐明了他们一直给叶酸一词打引号的原因——这种物质根本就不是叶酸，恰恰相反，它后来被叫做叶酸拮抗剂。这一次，西奈山团队同样研究了患有自发性乳腺癌的小鼠，发现未经治疗的小鼠长出新肿瘤并出现肺转移，而接受叶酸拮抗剂治疗的小鼠肿瘤完全消退。叶酸拮抗剂能够阻断叶酸的作用，剥夺DNA和RNA所需的营养。叶酸拮抗剂与叶酸不同，叶酸是生长促进剂，而它是生长抑制剂。

虽然研究的对象是小鼠不是人，但是这篇论文依然具有开创性意义——它首次表明叶酸拮抗剂可以治疗癌症，而叶酸会使癌症恶化。那么问题来了，西德尼·法伯是什么时候读到西奈山小组这第三次研究结果的？是在他加速了 11 名白血病患儿的死亡之前还是之后？法伯在 1946 年 9 月给患儿注射叶酸，两个月后，西奈山团队的研究显示叶酸有害。假设法伯在西奈山团队发表结果之前不知道这些数据——可能是因为数据没有在全国会议上发布，也可能是因为同行之间没有进行过讨论——那么这场悲剧虽由法伯而起，却不能归咎于他。

下一个问题是，叶酸拮抗剂对人是否也有抗癌作用。1948 年 6 月 3 日，法伯和波士顿儿童医院的同事在《新英格兰医学杂志》上发表论文，这篇论文是癌症治疗史上被引用和参考次数最多的研究论文之一。论文标题是《叶酸拮抗剂 4 -氨基叶酸（氨基蝶呤）暂时缓解儿童急性白血病》。冗长的标题并未道出研究结果意义之重大。

从 1947 年 9 月 6 日起，法伯给 16 名垂死的白血病患儿注射了一种叫做氨基蝶呤的叶酸拮抗剂。16 人中有 10 人的病情得到缓解：骨髓中的白血病细胞减少，血液里的白血病细胞在不久后消失，肝脏、脾脏和淋巴结缩小，白细胞计数恢复正常，流血停止，食欲恢复。孩子们回到了学校和朋友们一起玩耍。一个名叫罗伯特·桑德勒的两岁男孩两个月来第一次能站起来走路了；另一个在床上躺了七个月的男孩能跑步玩耍了，有两个孩子分别多活了十六个月和二十三个月。虽然所有参与试验的孩子最终都死于疾病复发，但是这是人类第一次成功用药物治疗儿童癌症。氨基蝶呤的现代版本叫做甲氨蝶呤，如今仍然是重要的白血病化疗药物。

值得注意的是，第一个接受新型化疗治疗的人并非西德尼·法伯在《新英格兰医学杂志》论文中描述的16个孩子，而是一名中年男子——1947年9月5日，第四届国际癌症大会于圣路易斯举行，西奈山研究团队的理查德·刘易森博士在大会上对这位男子进行了描述。出于一些原因，刘易森没有在演讲中提及患者的名字。

刘易森站在讲台上描述了这名五十二岁男子的情况：1946年秋天，他发现自己的嗓音越来越沙哑，左眼后方剧痛。医生判断是牙脓肿，建议他拔三颗牙，但是拔了牙也不见好转。男子的病情持续恶化，无法说话和吞咽。X光显示他的颅底长了一颗大肿瘤。放射治疗对他的作用非常有限，既没能缩小肿瘤也无法减轻剧烈的疼痛。就在这时，他的医生换成了刘易森，男子接受了为期六周的叶酸拮抗剂治疗，病情明显好转——肿瘤缩小，上一年瘦掉的80磅（约73斤）体重基本长了回来。1948年6月13日，身体感觉良好的男子重新穿上以前的纽约洋基队球衣——后背印着3号——参加了洋基体育场启用二十五周年纪念活动。他的名字叫贝比·鲁斯[①]。

1948年西德尼·法伯对16名儿童开展研究以后，白血病的

① 美国著名职业棒球运动员，曾带领洋基队多次获得世界大赛冠军，1935年退休，被誉为“棒球之神”。——译者

治疗取得了显著进展。

1965年，受到结核病多药疗法的启发，医生第一次采用了癌症联合疗法（泼尼松、长春新碱、甲氨蝶呤和6-巯基嘌呤）。药物联用阻止了癌细胞突变及复发，首次实现了白血病的长期缓解。医生谨慎地谈及治愈，1968年，白血病治愈率达到50%，1970年代末达到70%。

如今，有了地塞米松、长春新碱、L-天冬酰胺酶、柔红霉素和甲氨蝶呤等药物，95%白血病患儿的病情能够缓解，90%得以治愈，这是非常了不起的成就，但是过程中同样伴随着代价，这一点和其他早期成就如出一辙。第一个接受叶酸拮抗剂治疗的人也许总结得最到位："我意识到，对这种疗法的任何认识，无论是好是坏，将来都会对医学起到帮助，也许能帮到许多和我身患同样疾病的人。"棒球场上的贝比·鲁斯是孩子们心目中的英雄，下了球场的他，也是。

第九章

杰西·盖尔辛格：基因治疗

杰西·盖尔辛格（Jesse Gelsinger）的父母叫佩蒂和保罗，1981 年 6 月 18 日，杰西出生在亚利桑那州图森市，出生时和婴儿时期平平无奇。杰西很挑食，不肯吃肉和奶制品，喜欢吃土豆和麦片。没人把这放在心上。佩蒂和保罗都没有意识到杰西的饮食习惯和一种罕见病有关联。

1984 年 1 月，杰西两岁半，他变得疲劳、困倦、无精打采，做任何事都提不起精神。佩蒂带他去看医生，医生说杰西需要补充蛋白质。于是佩蒂·盖尔辛格开始强迫儿子喝牛奶、吃培根和花生酱三明治。事实证明，这是她能做的最糟糕的决定。

两个月后的一天，杰西醒来后坐到电视机前看他最喜欢的动画片，然后睡着了。佩蒂叫不醒他，把他送去医院，医生发现杰西血液中的氨含量（血氨）异常高。杰西患有一种罕见的遗传病，叫做鸟氨酸氨甲酰转移酶（OTC）缺乏症，每年在美国儿童中的发病率大约是八万分之一。

这种罕见的酶缺乏症解释了为什么杰西一直不肯吃蛋白质。人体分解蛋白质获取能量时会产生氨——和用来清洁地板的氨没有区别。氨有剧毒，如果血氨过高，氨会进入大脑，导致昏迷和脑损伤，最终导致死亡。肝脏会产生五种酶来清除体内的氨，将氨转化为尿素，然后通过尿液排出体外。OTC 便是其中一种酶。患有 OTC 缺乏症的新生儿通常在出生后几天内陷入昏迷，一半活不过一个月，另一半活不过五岁生日。所有患儿都缺少制造 OTC 酶的单一基因。

有了明确的诊断，杰西开始低蛋白饮食，并服用药物帮助排出体内的氨。从某种意义上来说，杰西是幸运的，因为他的部分肝脏细胞还能产生少量 OTC，这也是为什么他能活过头几年。如果杰西坚持低蛋白饮食和服药——每天 32 粒药，他有机会长命百岁，但是坚持低蛋白饮食和每天吃几十粒药对一个小男孩来说实在是太难了。1991 年，十岁的杰西在周末狂吃了一通高蛋白食物，陷入昏迷，再次被紧急送往医院。

杰西的病让人很挫败，因为除了无法生成清除氨所需的这种酶，他的肝功能一切正常。因此，虽然肝移植可以治好他，但是还有一种简单得多的方法：杰西独缺一种酶，那就给他补上能够制造这种酶的基因，换言之，基因治疗。

1998 年 9 月，杰西和保罗·盖尔辛格得知，费城宾夕法尼亚大学有这样的基因治疗项目。研究人员已经成功将杰西缺乏的这种基因放入了一种无害病毒，病毒可以像特洛伊木马一样，把 OTC 基因植入杰西的肝细胞，从而避免肝移植。

1998 年 12 月 22 日，就在盖尔辛格夫妇得知宾大的基因治疗项目三个月后，保罗回到家，发现儿子蜷缩在沙发上控制不住地呕吐。等到保罗把杰西送到医院，杰西已经陷入昏迷；他体内的血氨是正常水平的六倍。到了圣诞节，杰西已经住进重症监护室，插着呼吸机。整整两天，他时而清醒时而昏迷，挺不挺得过去很难说，但是最后杰西康复了。经过这回，杰西再也没有漏吃过一粒药，但是现在，他比以往任何时候都更想参加宾大的基因治疗项目。该项目的负责人是吉姆·威尔逊（Jim Wilson）博士。

1970 年代，吉姆·威尔逊在密歇根大学获得医学博士和哲学博士学位。在此期间，他研究了一种不寻常的综合征——自毁容貌症（Lesch-Nyhan），和 OTC 缺乏症一样罕见，在美国的发病率大约是三十八万分之一。自毁容貌症和 OTC 缺乏症的另一个相似之处是，自毁容貌症的症状也出现在儿童出生后的头几年，儿童会表现出自残行为——用头撞墙，咬嘴唇、舌头和手指咬到流血，父母被这些举动吓到半死。患者还会表现出一种独特的症状，叫做秽语症，即不受控制、不由自主地发出不间断的咒骂，如同电影《驱魔人》中的场景。唯独自毁容貌症有这种症状。威尔逊第一个证明了自毁容貌症的病因是缺乏单一基因，那么这种病治起来可太容易了——把儿童需要的基因给他们，所有这些可怕症状就会消失。威尔逊致力于寻找方法，给儿童补上他们缺失的基因。

1980 年，威尔逊翻开一本《科学》杂志，读到了一篇改变他一生的文章。文章作者是两位斯坦福生物化学家——理查德·穆里根和保罗·伯格，标题为《哺乳动物细胞中细菌基因的表达》。穆里根和伯格做到了一件在当时看来难以想象的事情。他们从一种叫做大肠杆菌（通常存在于肠道中）的细菌中提取基因，放入猴子细胞，然后证明了这些细胞可以被诱导制造细菌蛋白质。穆里根和伯格找到了重写猴子 DNA 的方法！这就是基因治疗的开始。理查德·穆里根离开斯坦福大学加入麻省理工学院时，吉姆·威尔逊离开密歇根大学加入了穆里根。数年后，威尔逊被任命为宾夕法尼亚大学人类基因治疗研究所所长，他热诚地相信，穆里根用猴子细胞做到的事情在人类细胞中也能实现。

威尔逊在宾大攻克的第一种遗传病是家族性高胆固醇血症。人类的血液中存在两种不同类型的胆固醇——低密度脂蛋白（LDL）胆固醇，俗称“坏胆固醇”，和高密度脂蛋白（HDL）胆固醇，俗称“好胆固醇”。坏胆固醇之所以坏，是因为它会损害动脉内壁，尤其是给心脏和大脑供血的动脉。家族性高胆固醇血症患者缺少单一基因，这种基因会制造叫做 LDL 受体的蛋白质，LDL 受体能够与坏胆固醇结合并将其从体内清除。缺失这一基因的后果是患者容易发生中风和心脏病。家族性高胆固醇血症和 OTC 缺乏症、自毁容貌症一样，同属罕见病，发病率约为百万分之一。

威尔逊的首名受试者是一个来自魁北克、讲法语的二十九岁女裁缝兼银行出纳员。她在十六岁时第一次心脏病发作，二十六岁时做了心脏搭桥手术，用腿部静脉替换了一根受损的心脏动脉。她的两个兄弟也患有家族性高胆固醇血症，在二十多岁时死于心脏病。这位女子拒绝向媒体透露姓名和照片。为了提供她需要的基因，威尔逊必须给她做一次大手术。1992 年 6 月 5 日，外科医生切除了这名女子 15%的肝脏，在实验室无菌塑料培养皿中分离并培养她的肝细胞，再用含有她缺失基因的无害病毒感染肝细胞。然后，医生将 10 亿个经病毒感染的肝细胞重新注入她的血液。威尔逊期望，这些转基因细胞中至少有一部分能够重新回到肝脏并产生 LDL 受体。方案成功了，大约 3%到 5%的肝细胞开始制造所需的蛋白质，清除血液中的坏胆固醇。结果，坏胆固醇水平下降，好胆固醇水平上升。女子通过翻译说："我感到我可以参加更多活动了，比如滑雪、跳舞和其他社交活动。我肯定能活到九十岁。"

1994 年，吉姆·威尔逊在医学期刊上发表论文，描述了这项开创性实验。第二天，《纽约时报》头版新闻热赞该实验为"改变患者细胞基因，彻底根治遗传病的首次尝试"。"这表明基因治疗的原理是合理且可行的。"威尔逊说。加州大学旧金山分校脂质诊所主任约翰·凯恩博士对这一结果表示惊叹。"这是一项里程碑式的实验，"他兴奋地说，"是基因治疗领域的基蒂霍克[①]实验。"在《纽约时报》的报道中，威尔逊提到，他对特定酶缺乏造成的高血氨患者也有兴趣。威尔逊提到的酶就是 OTC，即杰西·盖尔辛格缺少的酶。

---

① 位于美国北卡罗来纳州。1903 年，莱特兄弟在基蒂霍克（Kitty Hawk）首次成功试飞人类历史上第一架动力飞机。——译者

不过《纽约时报》记者没有弄清楚，吉姆·威尔逊并不是第一个成功改变患者细胞生成缺失基因的科学家。在威尔逊取得基因治疗突破之前，弗兰奇·安德森被誉为“基因治疗之父”，在老布什总统时期曾在白宫举行的仪式上受到表彰。不过后来，科学同行、媒体和公众都巴不得忘记安德森这号人物。

安德森学业出色，还是田径场上的明星，1954 年他毕业于塔尔萨中央高中，1958 年毕业于哈佛大学，1960 年毕业于剑桥大学，1963 年毕业于哈佛医学院。安德森在职业生涯中一共发表了 400 多篇研究论文、40 篇社论和 5 本书，获得了数十个奖项，还有 5 个荣誉博士学位。1994 年，他做完那场著名（现在已被遗忘）的实验四年后，《时代》杂志将他誉为“医学英雄”。1998 年，安德森与歌手瑞芭·麦肯泰尔一同入选俄克拉何马州名人堂。

1990 年 9 月 14 日，吉姆·威尔逊给患有家族性高胆固醇血症的魁北克女子注射转基因肝细胞两年前，弗兰奇·安德森治疗了一个患有重症联合免疫缺陷病（SCID）、名叫阿山蒂·德席尔瓦的四岁女孩。SCID 以“泡泡男孩病”为公众所知，意味着儿童出生时即伴有免疫系统功能不全。患儿往往在一周岁前死于感染。SCID 患儿和自毁容貌症、家族性高胆固醇血症和 OTC 缺乏症患儿一样，缺少一个基因。为了给阿山蒂提供她需要的基因，安德森从她的血液中提取了一些免疫细胞，用含有缺失基因的病毒感染细胞，然后在马里兰州贝塞斯达国立卫生研究院的一间病房里，将细胞重新注入女孩的血液。在接下去的两年里，阿山蒂又接受了十次这样的细胞输注。最终，她的免疫系统恢复正常，不再遭受致命感染。十二年过去了，她的免疫系统仍然在正常运作。如今三十多岁的阿山蒂已经结婚，是一名作家和记者。安德森分别在 1995 年、1996 年和 2003 年的医学期刊上描述了阿山蒂治疗的进展。三年后，他消失于公众视野。

2004 年 7 月 30 日，就在他发表阿山蒂·德席尔瓦治疗的最终进展报告一年后，弗兰奇·安德森被逮捕。两年后，他被判犯有三项猥亵儿童罪和一项连续性虐待罪。受害者是安德森实验室一位同事的女儿，第一次事发时女孩十岁，安德森六十岁。庭审期间，一盘安德森向受害女孩承认他的行为“不可原谅”且“邪恶”的录音带被公开——安德森不知道女孩一直带着窃听器。他被判处十四年有期徒刑。服刑十二年后，八十一岁的安德森获得假释出狱，出狱后仍需佩戴电子脚环，以便当局随时监控他的行踪。

基因治疗的本质简单易懂——用功能正常的基因替代缺失或有缺陷的基因——但是最大的难关是向细胞运送基因的载体。通常来说，载体是病毒。弗兰奇·安德森用基因疗法治疗免疫缺陷，吉姆·威尔逊用基因疗法治疗高胆固醇症，两人选择了同一种病毒运送缺失的基因——逆转录病毒。最知名的逆转录病毒是人类免疫缺陷病毒（HIV），即艾滋病的致病病毒，但是其实大部分逆转录病毒是无害的，不会引起疾病。逆转录病毒的优势在于它可以直接将缺失的基因插入 DNA，这意味着当细胞继续分裂，子细胞里也会含有新基因。这些无害的逆转录病毒还有另一大优势——它可以逃过免疫系统的监测，也就不会被免疫系统当作外来异物摧毁。

吉姆·威尔逊加入宾夕法尼亚大学后放弃了逆转录病毒，转而使用另一种病毒载体——腺病毒，因为威尔逊对逆转录病毒的一个潜在问题感到担忧。欧洲研究人员后来为这个问题付出了惨痛代价。（在后记中将谈到。）不过腺病毒也有自己的问题，它会引起疾病，尤其是感染鼻子、喉咙、眼睛、肺、膀胱和肠道，这一点和逆转录病毒不同。此外，两者之间还有一个不同点——免疫系统能够识别腺病毒，这意味着，有可能腺病毒还没把需要的基因送入细胞就被机体清除了。腺病毒进入细胞后还会破坏细胞，所以才会有那么多症状。研究人员想要使用腺病毒，就必须找到方法改造病毒使其失去致病性，确保病毒在表达缺失基因的同时不损伤细胞或触发免疫反应。事实证明，要做到这一点比所有人想象的困难得多。

自 1994 年起，威尔逊和同事发表了多篇科学论文，描述他们如何改造腺病毒，从而在逃过免疫系统且不伤害肝细胞的前提下，通过腺病毒载体在肝脏中表达所需基因。他们放进腺病毒载体的基因就是杰西·盖尔辛格缺失的 OTC 基因。威尔逊团队发现，含 OTC 基因的经改造腺病毒载体对小鼠具有保护作用，注射了大量氨水的小鼠平安无事，他们又用狒狒做了相同的试验，经改造的腺病毒载体再次发挥了预期作用。现在，团队已经做好准备开展人体试验，他们向 FDA 递交了新药研究申请，并获得批准开始进行人体试验。（几种经改造的腺病毒也用于制造新冠疫苗。）

那是 1997 年。彼时，威尔逊是基因治疗领域的大明星，领导着全球最大的学术性基因治疗项目，年度预算高达 2500 万美元，研究团队规模达到 250 人。

威尔逊首先在有 OTC 部分缺陷的成年人（如杰西·盖尔辛格）中测试含 OTC 基因的经改造腺病毒载体。试验顾问宾夕法尼亚大学生物伦理学家亚瑟·卡普兰博士认为，这比用 OTC 严重缺陷的婴儿做试验来得好。不久后，悲剧发生，多个决定受到抨击，这个决定就是其中之一。

宾大团队首先将志愿者分成 6 组，每组 3 人。第一组按照每磅体重 10 亿个病毒颗粒的剂量直接进行肝动脉注射。给患者注射含 OTC 基因腺病毒的外科医生是史蒂文·雷珀博士，患者的肝损伤体征受到密切监测。只要第一组受试者不出现大问题，研究人员便会给下一组加大剂量。第六组是最后一组，也就是杰西·盖尔辛格不久后发现自己所在的那组，这组注射的病毒剂量是最高的——每磅体重 3000 亿个病毒颗粒。前五组的部分受试者出现类似流感的症状、短暂的轻度肝功能异常和血小板短暂性减少，不过没有人出现严重副反应。此外，大约一半受试者的 OTC 水平略微提升，这是可喜的迹象。

1999 年 4 月，保罗·盖尔辛格告诉杰西在图森的医生，他们想参加威尔逊在宾大的实验性项目。当月，杰西收到入组确认信。1999 年 6 月 18 日，杰西·盖尔辛格、他的父亲、继母和三个兄弟姐妹——十九岁的 P.J.、十五岁的玛丽和十四岁的安妮，一同登上飞往费城的飞机。那天是杰西的生日。当晚，他们在保罗的兄弟家举行派对。6 月 22 日，杰西和保罗与试验协调员见面，一起阅读知情同意书。后来，这份同意书里的细节成为了一系列联邦罚款和民事诉讼的焦点。在接下去的几天里，杰西品尝了费城著名的牛肉芝士三明治，参观游玩了贝琪·罗斯故居[①]、独立广场、自由钟和艺术博物馆前的洛奇雕像[②]，杰西在雕像前的留影后来作为警示故事在全美报纸上广泛刊载。

1999 年 9 月 13 日，星期一早上，杰西·盖尔辛格被带进宾夕法尼亚大学医院的介入放射手术室，他被固定在手术台上，医生将一根导管插入他的肝动脉。上午 10 点 30 分，史蒂文·雷珀医生将 1 盎司（约 28 克）经改造的腺病毒缓慢注入杰西的动脉，整场手术持续了两个小时。当天晚上，杰西的体温飙升到 104.5 华氏度（约 40.3 摄氏度），坐起来时还感到背痛、头痛和头晕。雷珀对此并不感到意外，其他几名患者也出现过相同情况。保罗·盖尔辛格从图森打来电话，和儿子进行了简短通话，最后两人互道“我爱你”。这是他们的最后一次对话。

9 月 14 日，星期二早上，杰西的眼白变黄，也就是有了黄疸，

① 美国女裁缝和室内装潢师，被普遍认为是第一面美国国旗的缝制者。——译者

② 1976 年经典电影《洛奇》在费城拍摄，讲述无名拳手洛奇永不言弃、突破自我的励志故事，洛奇被当作费城精神的象征人物。雕像复刻了影片中洛奇跃上费城艺术博物馆阶梯振臂高呼的一幕。——译者

这意味着杰西的肝功能出现异常。其他注射经改造腺病毒载体的患者有发烧的（杰西的体温降了下来），但是没有任何一个人出现黄疸。到了下午 3 点左右，也就是注射后二十四小时，杰西陷入昏迷，血氨升高，医生给他接上了透析机（模拟肾功能）。杰西的血氨水平很快恢复正常，但是他仍然昏迷不醒。显然，高血氨不是导致他昏迷的原因。

9 月 15 日，星期三早上，保罗·盖尔辛格乘坐红眼航班从图森返回费城，于早上 8 点抵达。杰西病情危急，接上了呼吸机，处于深度昏迷状态。雷珀几近失控，最终决定给杰西上 ECMO，即体外膜肺氧合，通常在大型心脏手术中用作人工肺。雷珀希望 ECMO 能让杰西逐渐僵硬的肺部得到休息。1999 年，使用过 ECMO 的患者不到 1000 人，只有一半活了下来。起初，ECMO 似乎起了作用，但是紧接着，杰西的肾功能停摆。

9 月 16 日，星期四，飓风弗洛伊德侵袭美国东海岸。杰西的继母米奇·盖尔辛格在机场关闭前飞抵费城。杰西的生母帕蒂在图森的一家精神病院接受治疗，无法出行。那天晚上，保罗怎么都睡不着，于是步行半英里去医院看望儿子。杰西的脸已经肿得面目全非，肿到连眼睛和耳朵都看不见了。“都成这个样子了，还有人能活下来吗?”保罗说。

9 月 17 日，星期五，杰西·盖尔辛格脑死亡。保罗请来牧师，在医生撤除生命支持系统前，在床边为杰西做了临终祷告。牧师用油膏涂抹杰西的头，并背诵了主祷文。医生们强忍泪水。生命维持系统撤除后，史蒂文·雷珀将听诊器放在杰西的胸口，正式宣布了他的死亡。“再见，杰西，”他说，“我们会找到原因的。”

保罗·盖尔辛格表示了宽容。“我甚至和医生说了我不怪他们，也绝不会提起诉讼。”很快，一切将发生改变。“他们知道真正的实情，而我所知道的只是很小一部分。”保罗后来说。

1989年，也就是杰西·盖尔辛格去世的十年前，FDA还没有批准过基因治疗试验；截至杰西去世时的1999年9月，共计91个基因治疗试验获得FDA批准，看起来基因治疗即将取得重大突破。然而到了2000年底，基因治疗成了人类扮演上帝最终自食其果的故事。

1999年11月上旬，在一个晴朗的星期天下午，杰西·盖尔辛格落葬于图森赖特森山海拔9500英尺（约2743米）的锯齿状山峰上。二十几个人参加了葬礼，包括杰西的父亲、生母、继母、兄弟、三位医生和几个朋友。保罗谈到杰西对摩托车和职业摔跤的热爱。所有人都认同杰西机智又善良。给杰西注射致命剂量腺病毒的医生史蒂文·雷珀从口袋里掏出一本蓝色小书，朗读了一段托马斯·格雷所作的挽歌。“此处枕于大地之膝的是一位青年；”雷珀念道，“‘富贵’或‘名望’不曾与他结识；‘知识’未曾轻视他的卑微出身。”① 杰西的骨灰随后被撒入下方峡谷。“每个医学领域都有它的决定性时刻，这一时刻往往伴随着人类的脸庞。”记者谢丽尔·盖伊·斯托伯格在发表于《纽约时报》

① 摘自托马斯·格雷的《乡村墓园挽歌》（*Elegy Written in a Country Churchyard*）。——译者

题为《死于生物技术的杰西·盖尔辛格》一文中写道，“脊髓灰质炎有乔纳斯·索尔克；体外受精有世界上第一个试管婴儿路易丝·布朗；移植手术有换了人造心脏的西雅图牙医巴尼·克拉克；艾滋病有‘魔术师’约翰逊；现在，基因疗法有了杰西·盖尔辛格。”

在之后的十年里，研究人员、政治家和临床医生努力地想要弄清楚杰西·盖尔辛格之死究竟是怎么回事。他们都在试图回答一个问题——杰西的死是可以避免的吗？

FDA和国立卫生研究院下属重组DNA咨询委员会（RAC）在第一时间收到了杰西的死讯，但是直到将近两周后，主流媒体才得知这一消息。1999年9月29日，《华盛顿邮报》记者里克·韦斯和黛博拉·尼尔森在题为《青少年死于实验性基因治疗》的报道中写道：“亚利桑那州身患罕见代谢病的十八岁男青年在参加富有争议的基因治疗试验过程中死亡，医生称其为该新兴研究领域的第一例死亡事件。”《华盛顿邮报》使用“富有争议”一词的原因很快揭晓。

这篇文章在《华盛顿邮报》发表的当天，即杰西·盖尔辛格去世十二天后，联邦官员给100多名研究类似腺病毒载体的研究人员致函，要求他们一旦发现任何出事的迹象必须上报。当时已经有数千名患者接受了多种类型的基因治疗。

1999年12月，杰西·盖尔辛格去世三个月后，RAC为了查明到底哪个环节出了要命的差错，在国立卫生研究院召开会议。会议为期两天，吉姆·威尔逊回答了各种问题，他面前的台上坐着一众同行，身后则是大批的列席媒体和公众。两天来，他始终说他不知道杰西死亡的原因，在杰西之前有 18 个人注射了同样的经改造腺病毒载体，没有一例死亡。康奈尔大学的罗恩·克里斯塔尔说，他给 100 多个人注射了类似的病毒载体，只有一例严重副反应，而且很快就过去了。可是，没有人满意这个答案。美国罕见疾病组织主席兼前 RAC 成员艾比·迈耶斯说："在这件事上，我们每个人都难辞其咎。"

2000 年 1 月，杰西·盖尔辛格去世一年后，FDA 暂停了宾夕法尼亚大学的基因治疗项目，并开始调查另外 69 个项目。

九个月后，2000 年 9 月，盖尔辛格家对宾大研究人员提起诉讼，双方达成庭外和解，和解金额未曾公开。同月，美国卫生与公众服务部部长唐娜·沙拉拉表示："令人震惊的现状是不可接受的。"在发表于《新英格兰医学杂志》一篇题为《保护研究对象必做之事》的文章中，沙拉拉发誓要建立制度，防止悲剧再次发生，并制定法律，规定研究人员为自己的行为承担个人责任，包括最高 25 万美元的个人罚款和最高 100 万美元的机构罚款。

2002 年 4 月，杰西·盖尔辛格去世三年后，吉姆·威尔逊卸任宾夕法尼亚大学人类基因治疗研究所所长。该研究所后来解散，威尔逊再也没有担任过临床试验负责人。

2005 年 2 月，杰西·盖尔辛格去世六年后，美国司法部对吉姆·威尔逊、史蒂文·雷珀和宾夕法尼亚大学提起民事诉讼。司法部认为，威尔逊、雷珀和宾大未能获得恰当的知情同意，申请经费和报告进度时存在虚假陈述，违反了联邦《虚假申报法》

(False Claims Act)。宾夕法尼亚大学同意支付 517496 美元罚款。保罗·盖尔辛格不满意。“这个判决一出，他们全都可以脱身了。”他说。

经过一系列的诉讼、罚款、制度改革和联邦指南修订，许多人以为正义已经得到伸张——基因治疗终于受到标准管控，以防类似悲剧在未来再度发生。但是事实上，上述任何措施都没能揭开杰西·盖尔辛格的死因。

第一，联邦官员对杰西·盖尔辛格入院时的血氨水平高达 70 感到愤怒，FDA 批准的临床试验协议规定，血氨超过 50 的受试者不予入组。但是，正如人们后来了解到的，杰西的血氨经常会蹿升到这个水平，他并非因为入组时血氨高而死亡。

第二，杰西签署的知情同意书里只字未提有两只猴子注射威尔逊的经改造腺病毒载体后死亡，联邦官员对此感到愤怒。但是，这两只猴子注射的腺病毒载体的改造程度和杰西注射的根本不能相比，而且猴子注射的剂量几乎是杰西的 20 倍。另外，猴子死于肝脏炎症（肝炎），威尔逊后来知道了肝炎不是杰西的死因。知情同意书确实提出警告说，鉴于猴子的试验结果，可能会出现肝功能障碍问题，并写明“该炎症甚至可能导致肝中毒或肝衰竭，可能危及生命”。

第三，律师指控威尔逊存在经济利益冲突。2010 年，罗宾·弗雷特威尔·威尔逊教授在题为《杰西·盖尔辛格之死：名利影响人体试验的新证据》的法律期刊文章中写道，杰西的死“可以说是医学领域利益冲突最著名的案例”。文章指出，吉姆·威尔逊在密歇根大学期间创立了一家名叫 Genovo 的生物技术公司，该公司有权销售他的所有科学发现。1999 年，也就是史蒂文·雷珀给杰西·盖尔辛格注射腺病毒载体的那年，Genovo 向威尔逊所在研究所提供的年度资金超过 400 万美元，占研究所预算的很大一部分。威尔逊及其家人拥有 Genovo 30%的股权，宾夕法尼亚大学拥有 3.2%的股权。公众对此反应强烈，但是 Genovo 并没有赞助杰西·盖尔辛格参加的试验。为了避免利益冲突之嫌，威尔逊也不得做出任何与受试者相关的临床决定。这类决定由雷珀拍板，他没有经济利益冲突。可惜，保罗·盖尔辛格坚信，杀死儿子的必定是贪婪和药企的不当影响，他后来写道："问题就出在，一小撮野心勃勃的研究人员和机构，为了名利不惜放弃道德操守，这一切在很大程度上要归咎于医药行业对这些人以及对政府的经济利益影响。"

第四，参与该项目的生物伦理学家亚瑟·卡普兰因坚持试验只入组成年人而遭到批评，因为成年人受益的概率微乎其微。但是卡普兰以及其他一些未曾参与宾大项目的伦理学家都认为，成年人能够更好地做出知情同意的决定，而且如果是身患重病的垂死婴儿，很难识别基因治疗造成的危及生命的不良反应。

杰西去世十年后，吉姆·威尔逊写道："我最大的遗憾是，一位勇敢的年轻人，抱着造福其他身患相同疾病患者的希望，同意参加这项临床试验，却在中途失去了生命。根据当时已知的临床前数据和临床数据，（结果）出乎意料，不可预测。"在这几年里，威尔逊和团队揭开了杰西·盖尔辛格的真正死因。

杰西·盖尔辛格去世时，微生物学家高光坪是宾大基因治疗项目的副主任。“我们都很震惊，也很迷茫。”他回忆道。但是吉姆·威尔逊不允许团队放弃。“威尔逊说，我们每个人都有工作要做，”高说，“作为专业人士，我们必须克服那一刻的情绪，我们必须专注于尽我们所能——检测每个样本、测试每种假设——找出原因。”宾大转化研究实验室现已废弃的会议室里仍然摆满了威尔逊失败的基因治疗试验的相关物件，书架上摆放着诸如《建立公众信任》和《实验室里的生物安全》等书籍，但是最有意思的是潦草地写在白板上的两个免疫系统产物的名字——IL-6（白细胞介素-6）和TNF-alpha（肿瘤坏死因子-α）。前者足以说明在杰西·盖尔辛格身上究竟发生了什么。

杰西·盖尔辛格去世后，威尔逊团队仔细回顾了注射经改造腺病毒载体受试者的每一条临床数据和实验室数据。有一个现象引起了注意。几乎所有人在注射病毒载体后，血液中的白细胞介素-6水平都有所上升，白细胞介素-6是免疫系统用来对抗感染的一大武器。杰西的不同之处在于，他的白细胞介素-6水平比其他受试者高得多，而且从来没有降下来过，直到他去世的那一刻都保持在超高水平。这种反应的临床术语是“细胞因子风暴”。（白细胞介素-6是一种细胞因子，细胞因子是免疫系统产生的蛋白质，可导致一种看起来像败血症的压倒性细菌感染。许多新冠病毒感染死者的白细胞介素-6水平也有升高现象。）

为什么杰西体内持续产生大量的白细胞介素-6而其他受试

者没有出现这种情况？2001 年至 2005 年间，威尔逊和团队对小鼠和猴子开展了一系列研究，试图回答这一问题。他们发现，杰西体内的经改造腺病毒游走到脾脏外缘，进入叫做巨噬细胞的免疫细胞，诱导产生了大量白细胞介素-6。更糟糕的是，毒性曲线呈陡直升高——在病毒量达到一定程度之前，载体看起来十分安全，不料顷刻之间即变得致命。两年多来，威尔逊缓慢又谨慎地一点一点增加剂量，然后突然一位患者“坠落悬崖”，概括起来就是这么个情况。但是这依然解释不了，为什么在盖尔辛格之前的受试者——一个注射了相同剂量、相同腺病毒载体的十八九岁女孩——没有出现同样的问题，最初，她的血液中也含有大量白细胞介素-6，但是水平很快回落。

2003 年，史蒂文·雷珀就杰西·盖尔辛格案例在一本医学期刊上发表文章，他写道：“该事件表明，动物研究对于预测人体反应存在局限性。”他还探讨了试验中的“陡直毒性曲线”和“个体差异”。“如果当时知道现在掌握的这些知识，”威尔逊在杰西去世十年后的 2009 年说道，“我不会推动这项研究。”但是威尔逊当时并不知道，也没有任何动物研究或前人经验可以让他知道。这有点像赌马的时候，一匹马已经输了，然后你说绝不会赌它能赢，你会赌它赢才怪。

杰西·盖尔辛格的死无法预测，因此也无法避免，但是他的死并没有白费。

2010 年 5 月，宾夕法尼亚州中部一个名叫艾米莉·怀特海的五岁女孩被查出患有白血病。化疗方案包括使用七八种可能存在毒性的不同药物，其中一些还是直接注射进脊髓液，听起来就瘆人，但是预后极好。大约90%的患儿能够存活。然而艾米莉做完第一轮化疗不久后就复发了，第二轮化疗后，她的双腿严重感染“食肉”菌，几乎到了要截肢的地步。十六个月后，她的病情再次复发。早期复发或复发两次的患儿预后极差，艾米莉两者全中。有医生建议了临终关怀。

第二次复发后，艾米莉的父母听说宾夕法尼亚大学一位名叫卡尔·朱恩的研究人员正在开发一种不同的疗法。可惜该疗法尚未获得FDA的试验批准。艾米莉体内的癌细胞数量每天翻一倍，于是她接受了第三轮化疗，可以延长三周生命，但是病情仍然没有缓解。

幸运的是，当艾米莉·怀特海在2012年3月到达费城儿童医院时，FDA已经批准了卡尔·朱恩的试验。癌细胞侵蚀了艾米莉的所有器官。朱恩和团队从艾米莉的血液中提取功能正常的免疫细胞，加以改造，使其杀灭癌细胞。儿科肿瘤医生斯蒂芬·格鲁普博士将这些细胞（名叫CAR-T细胞）注入艾米莉的静脉，她边注射边吮着冰棍。当天晚上，艾米莉感觉良好，和父母一起回到亲戚家，爸爸还陪她玩了骑大马。但是到了第二天晚上——和杰西·盖尔辛格状态变差的时间点一致，艾米莉发起了高烧，不得不回到医院，住进了重症监护室。艾米莉的状况和杰西·盖尔辛格当年一模一样：肾脏停止工作，接上了呼吸机，时而清醒时而昏迷。“我们以为她要不行了，”朱恩说，“我给大学校务卿拟了一封电子邮件，告诉他第一个接受治疗的孩子快死了。我担心试验项目就这么完了。这封邮件存在草稿箱里，我从来没有按下发送键。”

但是艾米莉没有死。斯蒂芬·格鲁普了解十年前杰西·盖尔辛格事件的原委，他检测了艾米莉血液中的白细胞介素-6水平，发现是正常水平的1000倍，和杰西相似。但是和杰西的情况不同的是，这时不是1999年，而是2012年，一种专门抑制白细胞介素-6的作用、名为托珠单抗的产品已经上市，不过这款药物获批的适应症仅限于治疗关节炎。格鲁普申请超适应症使用药物并得到了批准，艾米莉得救了。八天后，在艾米莉·怀特海七岁生日当天，她醒了过来。“我从来没见过病得这么严重的人好得这么快。”格鲁普回忆道。三周后，艾米莉的骨髓活检显示癌细胞清零。几年后，著名癌症专家、作家和演说家悉达多·穆克吉[①]询问艾米莉是否记得这段入院经历。“不记得，”她说，“我只记得出院。”

2017年8月，FDA批准CAR-T疗法用于治疗难治性癌症患者，如今已有几千名患者接受了CAR-T治疗，大多数人必须同时使用抗高水平白细胞介素-6的药物。所有这些人能活下来都要感谢第一个让人们知道白细胞介素-6的大量分泌会引起问题的男孩，以及把这个问题弄清楚的研究人员吉姆·威尔逊。

---

① Siddhartha Mukherjee，印度裔美国医生、科学家和作家，普利策奖得主，著有畅销书《基因传》和《众病之王：癌症传》。——译者

CAR－T 疗法是一项重大突破。卡尔·朱恩和斯蒂芬·格鲁普成了英雄，而吉姆·威尔逊跌倒在半路。威尔逊本该是基因治疗界的明星，最后不仅没成明星，还被贬为了“贱民”。再也没有人邀请他发表演讲或参加委员会。十多年来，他一直拒绝接受采访。主流观点是，同样的研究，朱恩和团队之所以能成功，而威尔逊败北，是因为他坏了规矩。正如一位法学教授所说，“经济利益对人体研究的腐蚀”对威尔逊产生了不当影响。但是细细一看便会发现，导致艾米莉·怀特海和杰西·盖尔辛格不同结局的，唯有运气与时机。

全国媒体一致赞扬格鲁普思维敏捷，给艾米莉用了救命药，他们赞扬得很有道理；相较之下，史蒂文·雷珀则被盖尔辛格家起诉，受到 FDA 和司法部的非难。公众和媒体将这两起案例的不同结局归因于两位医生的能力高低。格鲁普迅速意识到艾米莉的快速恶化由白细胞介素－6 的大量分泌导致，雷珀在事后才知道这一点。不过纵然雷珀知道原因，1999 年，抑制白细胞介素－6 作用的药物也尚未出现，因此无济于事，没有任何治疗或预防的办法。事实上，格鲁普之所以能判断出发生了什么，其中一个原因就是他了解杰西·盖尔辛格的死因，而这在很大程度上要归功于威尔逊、雷珀及其团队在杰西去世后的辛勤工作。

媒体认为，威尔逊和团队与 Genovo 存在利益冲突，他们因此受到了口诛笔伐。如果威尔逊的经改造腺病毒载体是一种医疗产品，那么威尔逊和宾夕法尼亚大学本应从中获得经济利益。媒体没有注意到，卡尔·朱恩的 CAR－T 项目所在的宾大机构名叫诺华-宾大先进细胞疗法中心。CAR-T疗法现在已经是一种医疗产品，制药公司诺华是受益方，卡尔·朱恩和宾夕法尼亚大学也从这款叫做 Kymriah 的产品中获益。艾米莉·怀特海接受 CAR-T 治疗成功后，没有人因为朱恩和宾大与诺华公司牵扯在一起感到不适，没有人谈及大型制药公司对人体研究的腐蚀影响，艾米莉的父亲汤姆·怀特海也没有像保罗·盖尔辛格那样评价"一小撮野心勃勃的研究人员和机构，为了名利不惜放弃道德操守"。制药行业对这两个项目的支持没有区别。试想，如果艾米莉没能活下来，汤姆·怀特海会怎么说。

FDA 还批评威尔逊团队未在知情同意书上更加直截了当地说明腺病毒载体的副作用，例如高烧、轻度肝功能障碍和血小板减少，但这些都是暂时的症状，基本上无关紧要。再来看 CAR-T 项目，因为大获成功，未曾受到丝毫指摘。不过仔细观察就会发现，这两个项目之间的相似多于不同。艾米莉·怀特海是第一个接受 CAR-T 疗法的儿童，但她不是第一个受试病人——她是第七个。第一位受试者是六十五岁的退休狱警比尔·路德维希，他患有慢性淋巴细胞白血病（CLL）。2010 年 8 月 3 日，医生为路德维希输注了第一剂转基因免疫细胞，路德维希在接受第三次注射后陷入重症，他的肺、肾和心脏出现衰竭，体温飙升至华氏 105 度（约 40.5 摄氏度）。（"护士把温度计给扔了，以为温度计坏了。"卡尔·朱恩回忆道。）路德维希在重症监护室住了几周后康复了。比尔·路德维希和在他之前的杰西·盖尔辛格以及在他之后的艾米莉·怀特海一样，都出现了白细胞介素-6 大量分泌的情况。他比较幸运，没有用药就好转了（FDA在八个月前已经批准了该药），病情缓解，九年后依然无癌生存。艾米莉的父母是否完全知晓路德维希几近死亡的详细情况呢？如果艾米莉死了，她的父母、律师和联邦监管机构是否也会和当年搬出注射威尔逊的经改造腺病毒载体死亡的两只猴子一样，做相同的文章？

艾米莉·怀特海和杰西·盖尔辛格接受的基因治疗试验之间唯一的区别是，艾米莉活了，而杰西死了。一旦有患者死于实验性疗法，人们就会开始寻找替罪羊。吉姆·威尔逊就是那只替罪羊。

威尔逊没有放弃。虽然他的人类基因治疗研究所被解散，他也不再开展临床试验，但是他研制了一系列病毒载体，继续为基因治疗领域带来革新。在杰西死后调查威尔逊的国立卫生研究院委员会负责人英德尔·维尔玛将这些病毒载体称为“无肠腺病毒”。

杰西·盖尔辛格的尸检结果显示，导致其死亡的经改造腺病毒载体不仅存在于他的肝脏，而且扩散到了全身器官，包括脾脏，脾脏发生了剧烈的致命免疫反应。威尔逊于是着手研制腺病毒，大大提高腺病毒对不同器官的感染特异性，并显著降低对于器官的致病能力。这些病毒被称为腺相关病毒（AAV），看起来最初的问题已经得到解决。威尔逊已经研制了300多个这样的病毒载体，慷慨地分享给全球数百名研究人员。例如，AAV2针对眼睛后部的视网膜，现在是FDA批准的遗传性失明治疗药物；

AAV9 针对大脑，现在是 FDA 批准的遗传性瘫痪治疗药物。“如今的成功都是死去的杰西留下的遗产，”威尔逊说，“我们必须成功。”截至 2018 年，FDA 共收到 700 多项基因疗法新药临床试验申请，这些项目都在进行中，基因治疗的繁荣在很大程度上要归功于吉姆·威尔逊博士的不懈努力。

2019 年，悉达多·穆克吉为了给《纽约客》杂志撰稿，参观了宾夕法尼亚大学的基因治疗项目。“中心几乎是艾米莉的一座小型纪念馆，”他写道，“墙上贴满了她的照片：八岁的艾米莉扎着两根小辫子；九岁的艾米莉掉了门牙，微笑着站在奥巴马总统身旁；十岁的艾米莉手举牌子。”而杰西·盖尔辛格在洛奇雕像前的标志性照片无处可寻。人们庆祝成功，但是从来不会庆祝造就成功的失败。

后　记

与不确定性共存

医学突破伴随着代价，代价之下，几个话题的重要性被放大，它们关乎当下的决定。

一、大自然不情不愿地慢慢揭开自己的秘密，揭秘常常以人类的生命为代价。科学家、临床医生、学者和制药公司高管必须保持谦逊，对新发现必然会带来的学习曲线保持敬意。

令人不安的狂妄自大之风常见于新冠疫苗的开发。一期临床试验针对少量志愿者测试不同剂量的疫苗，试验刚刚完成，部分公司的研究人员和高管便开始欢呼雀跃。莫德纳（15 名受试者）、辉瑞（35 名受试者）和阿斯利康（10 名受试者）大胆宣称将开始生产数千万剂新冠疫苗，实际上却忽略了从少数人扩大到几千万人可能发生的意外情况。这般自大的态度实在令人担心，因为已经有证据表明新冠病毒难以捉摸、难以表征，会引起许多意料之外的临床和病理问题，其中一大问题就是新冠病毒可能引发血管炎，损害所有器官（包括大脑和心脏）。没有其他病毒像新冠病毒这般。此外，这三家公司采用的疫苗技术路线以前从未用过，前方的学习曲线，可想而知。

我本人因为个人经历，对这种空前的狂妄自大表示担忧。1980 年，我开始研究轮状病毒，轮状病毒会导致婴幼儿发烧、呕吐和腹泻，每年美国有数百万婴儿感染，约 7.5 万名婴儿住院，60 名婴儿因严重脱水死亡。在全球范围内，每天有大约 2000 名幼儿死于轮状病毒感染。因此，研发轮状病毒疫苗的意愿十分强烈。

轮状病毒不像新冠病毒，它是一种广为人知的病毒，在 1940 年代和 1970 年代分别被首次发现引起动物疾病和人类疾病。兽医研究猪、绵羊、马、羔羊、牛和其他动物感染轮状病毒已经有几十年的历史，临床医生研究人类轮状病毒也已经有大约十年。当我踏入这一领域时，已经有 400 多篇相关论文发表于医学和科学期刊。

1998 年 8 月，惠氏与国立卫生研究院合作推出了第一款轮状病毒疫苗，名叫 RotaShield（字面意思为“轮状防护”），约 100 万美国婴儿口服接种了疫苗。但是这款疫苗后来被发现会引起一种罕见的严重副作用，骤然下市。这种副作用叫做肠套叠，也就是肠道的一段套入下一段，卡住出不来，严重阻断供血，致使肠道表面严重受损；损伤会引起大量失血，可能致命，或者导致细菌从肠道表面进入血液，也会致命。在疫苗上市的十个月里，许多婴儿因肠套叠入院，至少 1 名婴儿死亡。

整件事情最让人惊讶的是，没有人预料到这个问题。轮状病毒和预防轮状病毒的疫苗已经在人类和动物中被研究了五十几年，没有丝毫证据显示可能会出现这个问题。反观当前这场疫情，对新冠病毒的研究只持续了大约一年，制药公司就开始吹捧疫苗，谦逊理应压过狂妄的理由无需赘述。

二、联邦准则只能降低灾难发生的概率，但是无法把概率降到零。不论出台多少法规、培训、罚款和处罚机制，意料之外的悲剧都无可避免。

2000年，杰西·盖尔辛格去世一年后，法国研究人员为10名儿童注射逆转录病毒载体（不同于杰西注射的腺病毒载体）治疗遗传病。逆转录病毒载体将缺失的基因直接插入细胞DNA。三年后，10名儿童中有2名患上白血病。事后发现，逆转录病毒无意中激活了一种遗传性癌基因，增加了患癌风险。

目前已知的癌基因有100多种，每一种都与特定的癌症有关，例如，HER2癌基因与乳腺癌相关，c-Myc癌基因与肺癌相关。许多人的DNA里都存在癌基因，但是在未被激活的状态下它们并没有害处。然而，如果逆转录病毒恰好插在癌基因的前面将其激活，就可能导致癌症。这2名儿童患上白血病就是因为与白血病相关的LMO2癌基因被逆转录病毒唤醒；2004年10月，其中1名儿童死亡。

2005年1月24日，法国研究人员报告了第三例逆转录病毒基因治疗引发的白血病，后来又出现了第四例。最后，接受逆转录病毒载体治疗的10名儿童中有4名患上白血病。FDA因而暂停了美国所有逆转录病毒载体试验。

这个故事令人不安的地方在于，杰西·盖尔辛格去世后，政府建立了各种系统，为的就是确保基因治疗悲剧不再发生。联邦监管机构要求，在新型基因治疗被用于人体之前，必须先开展广泛的动物试验并制订严格的监测计划；发布了撰写和获取知情同意书的指南；还成立了新的联邦部门——人体研究保护办公室，对违反规定者处以高额罚款和严厉处罚。这么努力地避免第二起基因治疗的悲剧，但它还是发生了。

三、**人们不应该因为悲剧的发生对科学事业丧失信心。科学的发展时断时续，但是它必定在向前发展。**

逆转录病毒引发的白血病悲剧还给我们上了一课——更有希望的一课。研究人员对白血病灾难做出反应，改造了逆转录病毒载体，使其包含“绝缘子”基因，从而杜绝病毒激活癌基因的可能性。保护基因起了作用。孟菲斯圣裘德儿童研究医院的研究人员使用这种更新更安全的逆转录病毒载体，彻底治好了10名患有严重免疫缺陷的儿童。这些孩子没有一个在若干年后患上白血病。父母们如今可以安心地给孩子使用这些经改造的逆转录病毒，治愈单基因疾病。但是还有一个突破建立在悲剧之上。

卡特事件中，超过10万名儿童接种了含有活脊灰病毒的疫苗，数万儿童短暂瘫痪，数百儿童永久性瘫痪，10名儿童死亡。联邦监管机构因此叫停脊灰疫苗项目长达数月，直到查清到底哪个环节出现了重大问题。待到研究人员查清事实，更完善的安全测试出台，乔纳斯·索尔克的脊灰疫苗引起的脊髓灰质炎问题相应消失。

卡特悲剧发生几个月后，脊灰疫苗的供应恢复。父母们面临选择：相信联邦监管机构已经解决了问题，还是再等一年确信问题不会再次发生。可是，选择等待也并非没有风险。脊灰病毒仍然在社区中传播。1955 年，即卡特灾难当年，脊灰病毒导致 2.9 万人瘫痪，大部分是儿童；1956 年，接种脊灰疫苗使这个数字下降到 1.5 万；1957 年，5500 人；1962 年，900 人。1955 年至 1962 年间瘫痪的都是没有接种疫苗的人，部分原因是一些父母害怕疫苗甚过害怕疾病，做出了错误的选择。

FDA 对磺胺酏剂灾难做出的反应是即刻召回麦森吉尔的产品。其他公司生产的磺胺制剂仍然在市面上销售。在调查初期，联邦监管机构和科学家就灾难的起因有过争论，是磺胺本身引起死亡还是其他原因？在此期间，有些人可能选择了不用磺胺，让感染自愈，因为他们不愿承担磺胺可能带来的肾衰和死亡风险。但还是这句话，没有零风险的选择。随着事态清晰，证明磺胺酏剂的问题与药物无关而是由溶剂造成，人们重新拥有了选择。那些选择等待更多信息的人实则做出了更冒险的决定。

破伤风调查委员会对圣路易斯的白喉抗毒素悲剧做出反应，与警方合作，发现采自患有破伤风病马的抗血清和采自健康马匹的抗血清混在了一起。当时的抗血清破伤风病毒检测法已经极其灵敏，因此问题并不出在检测，而是因为一名工人贴错标签的不诚实行为。可悲的是，在圣路易斯出现问题几周后，芝加哥卫生部门报告，白喉的死亡率上升了超过 30%，因为相比疾病本身，许多父母更害怕抗血清。儿童因此死亡。又是一个糟糕的选择。

上述这些问题得到解决后，不打脊灰疫苗、不用磺胺或白喉抗血清的决定使儿童承受了不必要的风险。悲剧不可避免，但这并不意味着人们要对科学家或监管机构丧失信任，他们有能力纠正错误。

四、一旦明确了相对风险，选择较低的风险，哪怕这个选择与直觉相悖。

但是，如果问题还没解决呢？

登革热病毒引发的感染是最常见的传染病之一。每年约有4亿人感染这种病毒，初期症状包括头痛、恶心、呕吐、皮疹、发烧以及肌肉、骨骼和关节疼痛。大多数人一周左右可以康复，但是如果病毒引发血管渗漏，就会演变成重症，重症的症状可怕得多，包括轻轻一碰就淤青、剧烈腹痛、低血压、呼吸困难或呼吸急促、口鼻出血、尿血和便血。每年约有50万人出现这些症状住院。疾病若进一步恶化会导致休克死亡；全世界每年有2万人死于登革失血性休克综合征。

奇怪的是，有过既往感染史的人死于休克综合征的概率更高，换句话说，二次感染登革热病毒比初次感染的致死率更高。

这是怎么回事？

研究人员发现了4种不同的登革热病毒毒株。感染过一种毒株后不会再次感染同一毒株，也就是形成了免疫。然而，感染过一种毒株，后来又感染另一种毒株比初次感染更容易休克和死亡。原因很复杂，现在已经研究清楚。

感染登革热病毒后，人体内会产生针对感染毒株的抗体，阻止病毒附着和感染细胞。但是人体在产生针对该毒株的病毒中和抗体的同时，也产生了针对另外 3 种登革热毒株的病毒结合抗体。病毒结合抗体不能中和登革热病毒；相反，它们会促进病毒进入细胞，二次感染另一种毒株因此会变得比第一次更严重，严重得多。换句话说，不能中和病毒的病毒结合抗体实际上增加了日后感染其他 3 种毒株的致命性。

赛诺菲巴斯德的研究人员研发了第一种登革热疫苗，叫做 Dengvaxia，他们知道这个问题，也找到了解决方案：以黄热病疫苗为基础，插入登革热 1、2、3、4 型毒株具有代表性的表面蛋白基因。于是疫苗接种者可以同时产生针对所有 4 种登革热毒株的病毒中和抗体，抗体能够抵御未来可能感染的任一毒株。问题解决。

不幸的是，该疫苗被发现对部分幼儿有致命的副作用。Dengvaxia 诱导产生针对 4 种登革热毒株的病毒中和抗体的同时，也诱导产生了 4 种病毒结合抗体。部分儿童体内产生的危险的病毒结合抗体超过了中和抗体，而且比中和抗体持续的时间更长。结果，一些没有得过登革热，先接种了疫苗的儿童，之后初次感染野生病毒时，症状变得非常严重，甚至会危及生命。换言之，同样是初次感染野生登革热病毒，一部分完成免疫接种的儿童反而比未接种的儿童情况更糟。登革热疫苗最初在菲律宾进行测试，14 名接种疫苗的儿童后来感染野生病毒死于登革失血性休克综合征。世界卫生组织发布的审查结果认为，这些儿童之所以死亡，可能是因为疫苗根本没有起效，然而该项目的负责医生罗斯·凯丁还是被指控犯有谋杀罪。如果凯丁的罪名成立，她面临的将是最高四十八年的刑期。

那么，接下来应该怎么办？同样的道理，不存在零风险的选择。世卫组织研究人员在2020年2月疾控中心举办的一场会议上报告，孩子是否接种登革热疫苗取决于父母的选择，未免疫儿童的住院概率和死亡概率比完成免疫的儿童分别高出18倍和10倍。换言之，登革热疫苗挽救的生命远远多于它夺走的生命。

世卫组织的科学家已经表明，总体而言，儿童接种登革热疫苗比不接种获益更多。然而，相比起不做某件事造成的伤害（比如不打疫苗，自己得不到保护），人们更害怕做了某件事造成伤害（比如接种疫苗）。采取行动犯下的罪孽感觉上总是比疏忽大意犯下的罪孽深重。但是什么都不做，也是采取一种行动。不接种疫苗并不是零风险的选择，只是选择承担另一种（在登革热的案例中）高得多的风险。

好消息是，另一家公司武田制药似乎已经解决了登革热疫苗的这一问题，武田研发的登革热疫苗目前看来没有Dengvaxia的问题，即将获得上市许可。

五、一些患者（甚至包括一些医生）时不时会抱持这样一种观念——人在生病或垂死时，什么疗法都值得一试。可是，不起作用的药物带来的只有徒劳或伤害。

2020年年中，特朗普政府宣布抗疟疾药物羟氯喹为治疗新冠病毒感染的突破性药物。当时感染新冠很常见，针对羟氯喹的有效性和安全性研究得以相对迅速地完成，很快证实，羟氯喹既不能治疗也不能预防新冠病毒感染。更糟糕的是，大约每 10 名用药患者中有 1 人出现心律失常，有些人差点丢掉性命。所以，选择等待研究结果的新冠患者避开了使用无效且可能有害的药物。有时，等待有意义，尤其当问题的答案可以比较快地揭晓。

六、动物试验可能会让人产生错误信心。

许多有关新冠疫苗的早期讨论围绕成功的动物试验展开，包括小鼠、大鼠、猴子、仓鼠和雪貂，动物研究表明疫苗安全有效。但是产品一天没做过人体测试，就一天不能说它对人类安全。

在杰西·盖尔辛格同意参加宾夕法尼亚大学的基因治疗项目之前，研究人员已经给数千只小鼠和数百只猴子注射过含有杰西所需基因的经改造腺病毒载体，没有出现过任何严重问题。在逆转录病毒载体引发白血病悲剧之前，法国研究人员做过类似的动物测试，赛诺菲研究人员研发 Dengvaxia 登革热疫苗也做过类似测试。

杰西去世后，马萨诸塞州剑桥市一家基因治疗公司的首席执行官卡特琳·博斯利说："小鼠或大鼠的遗传背景和人类的遗传背景完全不可同日而语，不可能知道（结果），研究这类实验性药物就是朝着未知之境奋力一跃。FDA 吸取了教训；行业吸取了教训；我认为我们都在非常谨慎地前进，但是风险永远不会消失。这就是研发新药的必经之路。"

费城威斯达研究所的疫苗研究员大卫·韦纳总结得最到位："老鼠会撒谎，猴子会夸大。"

七、最后，无论对新技术有多了解，都是在赌博；当然，不管怎么选，其实都是赌一把。

下面还有一个例子可以看出，要做出是否采用一项新技术的决定有多困难。

美国有超过10万名镰状细胞病患者，全球有2000万，这是一种由血红蛋白异常引起的疾病。血红蛋白是红细胞内将氧气从肺部输送到身体各处的一种蛋白质。镰状细胞病患者的血红蛋白异常，导致红细胞塌陷，呈小镰刀状，而不是饱满的圆碟状。正常的红细胞通常可在血液中存活一百多天，而镰状细胞病患者的红细胞只能存活大约十五天，因此镰状细胞病患者需要频繁输血。

镰状细胞病患者最常见的症状之一是红细胞粘连在一起，阻塞小血管，造成剧烈疼痛，患者虚弱不已，不得不住院和使用阿片类药物治疗。因此，许多年长的镰状细胞病患者都是阿片类药物成瘾者。除了疼痛以外，镰状细胞病患者还会发生中风、频繁感染和视力受损。大多数镰状细胞病患者在四十几岁时去世。唯一已知的治愈案例是通过骨髓移植，但是同样伴随着风险。

基因编辑技术CRISPR登场，可以移除镰状细胞病患者骨髓中的细胞，编辑基因，使红细胞中的血红蛋白恢复正常。理论上来说，这将终结长期疼痛、严重感染、无休止的输血、药物成瘾和短寿。2020年7月6日，来自密西西比州福里斯特的三十四岁的人妻、人母维多利亚·格雷庆祝了她接受CRISPR治疗镰状细胞病的一周年纪念。接受治疗之前，格雷平均每年为了输血住院七次；接受治疗后的一年里，她一次医院都没有住过。CRISPR疗法如今也成为了镰状细胞病患儿的一种治疗选择，延长患儿生命，改善生活质量；当然它也有可能引发意料之外的问题，把四十年的寿命缩短到两年。这项技术实在太新了，谁能知道呢？

致　谢

感谢 T. J. 凯莱赫对本书的框架构建给予的指导；感谢邦妮·奥菲特、艾米莉·奥菲特、威尔·奥菲特和肖恩·奥康纳提出的有益建议；感谢安妮·玛丽·戈茨丹克的勇气、智慧、勇敢和友谊。

参考书目

Chapter 1: Louis Washkansky: Heart Transplants

Altman, L. "Christiaan Barnard, 78, Surgeon for First Heart Transplant, Dies." *New York Times*, September 3, 2001.

Associated Press. "James D. Hardy, 84, Dies; Paved Way for Transplants." *New York Times*, February 21, 2003.

Beecher, H.K. "Ethical Problems Created by the Hopelessly Unconscious Patient." *New England Journal of Medicine* 278 (1968): 1425 - 1430.

Brink, J. G., C. Barnard, and J. Hassoulas. "The First Human Heart Transplant and Further Advances in Cardiac Transplantation at Groote Schuur Hospital and the University of Cape Town." *Cardiovascular Journal of Africa* 20 (2009): 31 - 35.

Burch, M., and P. Aurora. "Current Status of Paediatric

Heart, Lung, and Heart-Lung Transplantation." *Archives of Disease in Childhood* 89(2004):386–389.

Cooper, D. K. C. "A Brief History of Cross-Species Organ Transplantation." *Proceedings of the Baylor University Medical Center* 25(2012):49–57.

Cooper, D. K. C., B. Ekser, and A. J. Tector. "A Brief History of Clinical Xenotransplantation." *International Journal of Surgery* 23(2015):205–210.

Deschamps, J. Y., F. A. Roux, P. Saï, and E. Gouin. "History of Xenotransplantation." *Xenotransplantation* 12(2005):91–109.

DiBardino, D. J. "The History and Development of Cardiac Transplantation." *Texas Heart Institute Journal* 26(1999):198–205.

Diethelm, A. G. "Ethical Decisions in the History of Organ Transplantation." *Annals of Surgery* 211(1990):505–520.

Drazner, M. "Too Few Hearts to Go Around: How Science Can Solve the Organ Dilemma." UT Southwestern Medical Center, April 25, 2018. https://utswmed.org/medblog/reducing-wait-for-heart-transplants/.

Goila, A. K., and M. Pawar. "The Diagnosis of Brain Death." *Indian Journal of Critical Care Medicine* 13(2009):7–11.

Hardy, J. D., C. M. Chavez, F. D. Kurrus, et al. "Heart

Transplantation in Man." *Journal of the American Medical Association* 188(1964):114 - 122.

Hoffman, N. *Heart Transplants*. Farmington Hills, MI: Lucent Books, 2003.

Kantrowitz, A., J. D. Haller, H. Joos, et al. "Transplantation of the Heart in an Infant and Adult." *American Journal of Cardiology* 22(1968):782 - 790.

Kittleson, M. M. "Recent Advances in Heart Transplantation." *F1000 Research* 7(2018):1008.

Linden, P. K. "History of Solid Organ Transplantation and Organ Donation." *Critical Care Clinics* 25(2009):165 - 184.

McRae, D. *Every Second Counts: The Race to Transplant the First Human Heart*. New York: G.P. Putnam's Sons, 2006.

Meine, T. J., and S. D. Russell. "A History of Orthotopic Heart Transplantation." *Cardiology in Review* 13(2005):190 - 196.

Mendeloff, E. N. "The History of Pediatric Heart and Lung Transplantation." *Pediatric Transplantation* 6(2002):270 - 279.

Mezrich, J. D. *When Death Becomes Life: Notes from a Transplant Surgeon*. New York: HarperCollins, 2019.

Morales, D. L. S., W. J. Dreyer, S. W. Denfield, et al. "Over Two Decades of Pediatric Heart Transplantation: How Has Survival Changed?" *Journal of Thoracic and Cardiovascular*

Surgery 133(2007):632 – 639.

Morris, T. *The Matter of the Heart: A History of the Heart in Eleven Operations*. New York: St. Martin's Press, 2017.

Nathoo, A. *Hearts Exposed: Transplants and the Media in 1960s Britain*. London: Palgrave Macmillan, 2009.

Patterson, C., and K. B. Patterson. "The History of Heart Transplantation." *American Journal of the Medical Sciences* 314 (1997):190 – 197.

Simpson, E. "Medawar's Legacy to Cellular Immunology and Clinical Transplantation: A Commentary on Billingham, Brent and Medawar (1956) 'Quantitative Studies on Human Tissue Transplantation Immunity. III. Actively Acquired Tolerance.'" *Philosophical Transactions of the Royal Society B: Biological Sciences*, April 19, 2015.

Singh, S. S. A., N. Banner, C. Berry, and N. Al-Attar. "Heart Transplantation: A History Lesson of Lazarus." *Vessel Plus* (2018). https://doi.org/10.20517/2574-1209.2018.28.

Stark, T. *Knife to the Heart: The Story of Transplant Surgery*. London: Macmillan, 1996.

Starzl, T. E. "History of Clinical Transplantation." *World Journal of Surgery* 24(2000):759 – 782.

Stolf, N. A. G. "History of Heart Transplantation: A Hard and Glorious Journey." *Brazilian Journal of Cardiovascular*

Surgery 32(2017):423–427.

Thompson, T. *Hearts: Of Surgeons and Transplants, Miracles and Disasters Along the Cardiac Frontier*. New York: McCall Publishing Company, 1971.

Weiss, E.S., J.G. Allen, N.D. Patel, et al. "The Impact of Donor-Recipient Sex Matching on Survival After Orthotopic Heart Transplantation." *Circulation: Heart Failure* 2(2009):401–408.

Chapter 2: Ryan White: Blood Transfusions

Fox, J. P., C. Manson, H. A. Penna, and M. Pará. "Observations on the Occurrence of Icterus in Brazil Following Vaccination Against Yellow Fever." *American Journal of Hygiene* 36(1942):68–116.

George, R. *Nine Pints: A Journey Through the Money, Medicine, and Mysteries of Blood*. New York: Metropolitan, 2018.

Green, D. *Linked by Blood: Hemophilia and AIDS*. London: Academic Press, 2016.

Gupta, A. S. "Bio-Inspired Nanomedicine Strategies for Artificial Blood Components." *WIREs Nanomedicine and Nanobiotechnology* (2017). https://doi.org/10.1002/wnan.1464.

Hargett, M. V., H. W. Burruss, and A. Donovan. "Aqueous-Based Yellow Fever Vaccine." *Public Health Reports* 58

(1943):505-512.

Harmening, D. M. *Modern Blood Banking and Transfusion Practices*. 7th ed. Philadelphia: F. A. Davis, 2019.

Lebrecht, N. *Genius and Anxiety: How Jews Changed the World, 1847-1947*. New York: Scribner, 2019.

Lederer, S. E. *Flesh and Blood: Organ Transplantation and Blood Transfusion in Twentieth-Century America*. Oxford: Oxford University Press, 2008.

Moore, P. *Blood and Justice: The 17th Century Parisian Doctor Who Made Blood Transfusion History*. Chichester, England: John Wiley & Sons, 2003.

Pemberton, S. *The Bleeding Disease: Hemophilia and the Unintended Consequences of Medical Progress*. Baltimore: Johns Hopkins University Press, 2011.

Pirnia, G. "How Charlie Chaplin Changed Paternity Laws in America." *Mental Floss*, April 16, 2015. www.mentalfloss.com/article/63158/how-charlie-chaplin-changed-paternity-laws-america.

Sawyer, W. A., K. F. Meyer, M. D. Eaton, et al. "Jaundice in Army Personnel in the Western Region of the United States and Its Relation to Vaccination Against Yellow Fever." *American Journal of Hygiene* 40(1944):35-107.

Seeff, L. B., G. W. Beebe, J. H. Hoofnagle, et al. "A Serologic Follow-Up of the 1942 Epidemic of Post-Vaccination

Hepatitis in the United States Army." *New England Journal of Medicine* 316(1987):965 - 970.

Squires, J. E. "Artificial Blood." *Science* 295(2002):1002 - 1005.

Starr, D. *Blood: An Epic History of Medicine and Commerce*. New York: Perennial, 2002.

Tolich, D. J., and K. McCoy. "Alternative to Blood Replacement in the Critically Ill." *Critical Care Nursing Clinics of North America* 29(2017):291 - 304.

Tucker, H. *Blood Work: A Tale of Medicine and Murder in the Scientific Revolution*. New York: W. W. Norton & Company, 2011.

Chapter 3: Hannah Greener: Anesthesia

Aptowicz, C. O. *Dr. Mütter's Marvels: A True Tale of Intrigue and Innovation at the Dawn of Modern Medicine*. New York: Avery, 2015.

Bunker, J. P., and C. M. Blumenfeld. "Liver Necrosis After Halothane Anesthesia: Cause or Coincidence?" *New England Journal of Medicine* 268(1963):531 - 534.

Burney, F. *Selected Letters and Journals*. 1st ed. Oxford: Oxford University Press, 1986.

Defalque, R., and A. J. Wright. "An Anesthetic Curiosity in

New York (1875 – 1900): A Noted Surgeon Returns to 'Open Drop' Chloroform." *Anesthesiology* 88(1998):549 – 551.

Fenster, J. M. *Ether Day: The Strange Tale of America's Greatest Medical Discovery and the Haunted Men Who Made It*. New York: HarperCollins, 2001.

Gribben, M. "The Strange Death of William Rice." *Malefactor's Register*. Accessed December 23, 2019. www.malefactorsregister.com/wp/the-strange-death-of-william-rice.

Keys, T. E. *The History of Surgical Anesthesia*. Huntington, NY: Robert E. Krieger Publishing Company, 1978.

Macdonald, A. G. "A Short History of Fires and Explosions Caused by Anesthetic Agents." *British Journal of Anaesthesia* 72 (1994):710 – 722.

Patrick, N. "The 'Murder Castle' Which Was Home to One of the World's First Serial Killers," *Vintage News*, August 23, 2016. www.thevintagenews.com/2016/08/23/prirority-h-h-holmes-one-first-documented-serial-killers-built-entire-hotel-chicago-designed-specifically-murder-became-known-murder-castle/.

Payne, J.P. "The Criminal Use of Chloroform." *Anaesthesia* 53(1998):685 – 690.

Robinson, V. *Victory Over Pain: A History of Anesthesia*. New York: Henry Schuman, 1946.

Shephard, D. *From Craft to Specialty: A Medical and Social*

History of Anesthesia and Its Changing Role in Health Care. Thunder Bay, Canada: York Point Publishing, 2009.

Snow, S. J. *Blessed Days of Anaesthesia: How Anaesthetics Changed the World*. Oxford: Oxford University Press, 2008.

Sykes, K., and J. Bunker. *Anesthesia and the Practice of Medicine: Historical Perspectives*. London: Royal Society of Medicine Press, 2011.

Wawersik, J. "Die Geschichte der Chloroformnarkose" (History of chloroform anesthesia). *Anaesthesiologie und Reanimation* 22(1997):144 - 152.

Winters, R. W. *Accidental Medical Discoveries: How Tenacity and Pure Dumb Luck Changed the World*. New York: Skyhorse, 2016.

Chapter 4: "Jim": Biologicals

Blanchard, W. "1901 — October 19 - Nov 7, Tetanus Tainted (Horse Blood) Diphtheria Antitoxin, St. Louis, MO." Deadliest American Disasters and Large-Loss-of-Life Events. Accessed October 12, 2019. www.usdeadlyevents.com/1901-oct-19-nov-7-tetanus-tainted-horse-blood-diphtheria-antitoxin-st-louis-mo-13/.

Bren, L. "The Road to the Biotech Revolution — Highlights of 100 Years of Biologics Regulation." *FDA Consumer Magazine*, January-February 2006.

Coleman, T. S. "Early Developments in the Regulation of Biologics." *Food and Drug Law Journal* 71(2016):544 – 573.

DeHovitz, R. E. "The 1901 St. Louis Incident: The First Modern Medical Disaster." *Pediatrics* 133(2014):964 – 965.

Linton, D. S. *Emil von Behring: Infectious Disease, Immunology, Serum Therapy*. Philadelphia: American Philosophical Society, 2005.

Philadelphia Times. "Ten Children Die of Lockjaw." November 10, 1901.

St. Louis Post-Dispatch. "City Anti-Toxin Caused Deaths." October 30, 1901.

Tiwari, T. S. P., and M. Wharton. "Diphtheria Toxoid." In *Plotkin's Vaccines*, edited by S. A. Plotkin, W. A. Orenstein, P. A. Offit, and K. Edwards. 7th ed. London: Elsevier, 2015.

"Unjustifiable Distrust of Diphtheria Antitoxin." *Journal of the American Medical Association* 37(1901):1396 – 1397.

Willrich, M. *Pox: An American History*. New York: Penguin Press, 2011.

Chapter 5: Joan Marlar: Antibiotics

A. G. N. "The Elixir Sulfanilamide-Massengill." *Canadian Medical Association Journal* (1937):590.

Akst, J. "The Elixir Tragedy, 1937." *Scientist Magazine*,

June 1, 2013.

Ballentine, C. "Taste of Raspberries, Tastes of Death: The 1937 Elixir Sulfanilamide Incident." *FDA Consumer Magazine*, June 1981.

Duan, D. "Elixir Sulfanilamide — A Drug that Kills." LabRoots, January 24, 2018. www.labroots.com/trending/chemistry-and-physics/7892/elixir-sulfanilamide-drug-kills.

Gupta, A., and L.K. Waldhauser. "Adverse Drug Reactions from Birth to Early Childhood." *Pediatric Clinics of North America* 44(1997):79-92.

Haag, H. B., and A. M. Ambrose. "Studies on the Physiological Effect of Diethylene Glycol: II. Toxicity and Fate." *Journal of Pharmacology and Experimental Therapeutics* 59 (1937):93-100.

Jarmusik, N. "1937 — Elixir Sulfanilamide." *Compliance in Focus* (blog). IMARC, September 8, 2014. www.imarcresearch.com/blog/bid/354713/1937-Elixir-Sulfanilamide.

Lesch, J.E. *The First Miracle Drugs: How the Sulfa Drugs Transformed Medicine*. New York: Oxford University Press, 2007.

Martin, B.J. *Elixir: The American Tragedy of a Deadly Drug*. Lancaster, PA: Barkerry Press, 2014.

New York Times. "'Death Drug' Hunt Covered 15 States."

November 25, 1937.

Paine, M. F. "Therapeutic Disasters That Hastened Safety Testing of New Drugs." *Clinical Pharmacology & Therapeutics* 101(2017):430 - 434.

Von Oettingen, W. F., and E. A. Jirouch. "The Pharmacology of Ethylene Glycol and Some of Its Derivatives in Relation to Their Chemical Constitution and Physical Chemical Properties." *Journal of Pharmacology and Experimental Therapeutics* 42(1931):355 - 372.

Wax, P. M. "Elixirs, Diluents, and the Passage of the 1938 Federal Food, Drug, and Cosmetic Act." *Annals of Internal Medicine* 122(1995):456 - 461.

West, J. G. "The Accidental Poison That Founded the Modern FDA." *The Atlantic*, January 16, 2018.

Young, D. "Documentary Examines Sulfanilamide Deaths of 1937." American Society of Health-System Pharmacists, December 5, 2003. www.scribd.com/document/7212321/Sulfa-Nil-Amide-Deaths-of-1937.

Young, J. H. "The 'Elixir Sulfanilamide' Disaster." *Emory University Quarterly* 14(1958):230 - 237.

Chapter 6: Anne Gottsdanker: Vaccines

Gottsdanker, Anne. Interview with author. Lancaster, CA,

June 12, 2000.

Offit, P. A. *The Cutter Incident: How America's First Polio Vaccine Led to the Growing Vaccine Crisis*. New Haven, CT: Yale University Press, 2005.

Chapter 7: Clarence Dally: X-Rays

Assmus, A. "Early History of X Rays." *Beam Line* (Summer 1995): 10 – 24.

Babic, R. R., G. S. Babic, S. R. Babic, and N. R. Babic. "120 Years Since the Discovery of X-Rays." *Medicinski pregled* 69 (2016): 323 – 330.

Berman, B. *Zapped: From Infrared to X-Rays, the Curious History of Invisible Light*. London: Oneworld Publications, 2018.

Dunlap, O. E. "Editorial: Deleterious Effects of X-Rays on the Human Body." *Electrical Review*, August 12, 1896.

Fabbri, C. N. *From Anesthesia to X-Rays: Innovations and Discoveries That Changed Medicine Forever*. Santa Barbara, CA: Greenwood, 2017.

Frankel, R. I. "Centennial of Röntgen's Discovery of X-Rays." *Western Journal of Medicine* 164(1996): 497 – 501.

Gagliardi, R. A. "Clarence Dally: An American Pioneer." *American Journal of Roentgenology* 157(1991): 922.

Glasser, O. *Wilhelm Conrad Röntgen and the Early History of the Roentgen Rays*. San Francisco: Norman Publishing, 1993.

Gunderman, R.B. *X-Ray Vision: The Evolution of Medical Imaging and Its Human Significance*. Oxford: Oxford University Press, 2013.

Herzig, R. "In the Name of Science: Suffering, Sacrifice, and the Formation of American Roentgenology." *American Quarterly* 53(2001):563 - 589.

Hessenbruch, A. "A Brief History of X-Rays." *Endeavour* 26 (2002):137 - 141.

History.com. "German Scientist Discovers X-Rays." November 24,2009. Last Modified November 6,2020.

Howell, J. D. "Early Clinical Use of the X-Ray." *Transactions of the American Clinical and Climatological Association* 127(2016):341 - 349.

Kemerink, G.J., J.M.A. van Engelshoven, K.J. Simon, et al. "Early X-Ray Workers: An Effort to Assess Their Numbers, Risk, and Most Common (Skin) Affliction." *Insights into Imaging* 7(2016):275 - 282.

Kemerink, M., T. J. Dierichs, J. Dierichs, et al. "The Application of X-Rays in Radiology: From Difficult and Dangerous to Simple and Safe." *American Journal of Roentgenology* 198 (2012):754 - 759.

King, G. "Clarence Dally — The Man Who Gave Thomas Edison X-Ray Vision." *Smithsonian Magazine*, March 14, 2012.

Lavine, M. "The Early Clinical X-Ray in the United States: Patient Experiences and Public Perception." *Journal of the History of Medicine and Allied Sciences* 67(2011):587 - 625.

Linton, O.W. "History of Radiology." *Academic Radiology* 19(2012):1304.

Linton, O. W. "X-Rays Can Harm You and Others." *Academic Radiology* 19(2012):260.

McClafferty, C. K. *The Head Bone's Connected to the Neck Bone: The Weird, Wacky, and Wonderful X-Ray*. New York: Farrar, Straus and Giroux, 2001.

Meggitt, G. *Taming the Rays: A History of Radiation and Protection*. Lymm, UK: Pitchpole Books, 2018.

Mould, R. F. "The Early History of X-Ray Diagnosis with Emphasis on the Contributions of Physics, 1895 - 1915." *Physics in Medicine and Biology* 40(1995):1741 - 1787.

Mould, R.F. "Invited Review: Röntgen and the Discovery of X-Rays." *British Journal of Radiology* 68(1995):1145 - 1176.

Nolan, D.J. "100 Years of X Rays." *British Medical Journal* 310(1995):614 - 615.

Rahhal, N. "The Martyr Who Gave Us Radiology: Visceral Photos Show the Fatal Wounds Thomas Edison's Assistant

Sustained Trying to Help Develop X-Rays." *Daily Mail*, June 28, 2019.

Thiel, K. *X-Rays*. New York: Cavendish Square, 2018.

Warren Record. "Death of Clarence M. Dally, Thomas Edison's Chief Engineer, from Exposure to Roentgen Rays." October 7, 1904.

Widder, J. "The Origins of Radiotherapy: Discovery of Biological Effects of X-Rays by Freund in 1897, Kienböck's Crucial Experiments in 1900, and Still It Is the Dose." *Radiotherapy and Oncology* 112(2014):150 – 152.

Wolbarst, A. B. *Looking Within: How X-Ray, CT, MRI, Ultrasound, and Other Medical Images Are Created and How They Help Physicians Save Lives*. Berkeley: University of California Press, 1999.

Part III: Serendipity

BBC. "Syrian Children's Death 'Caused by Vaccine Mix-Up.'" September 18, 2014. www.bbc.com/news/world-middle-east-29251329.

Nebehay, S. "Human Error Seen in Measles Vaccination Deaths in Syria: WHO." Reuters, September 19, 2014. www.reuters.com/article/us-syria-crisis-measles-idUSKBN0HE1B020140919.

Chapter 8: Eleven Unnamed Children: Chemotherapy

American Cancer Society Medical and Editorial Content Team. "Evolution of Cancer Treatments: Chemotherapy." American Cancer Society. Last modified June 12, 2014. www.cancer.org/cancer/cancer-basics/history-of-cancer/cancer-treatment-chemo.html.

Christakis, P. "The Birth of Chemotherapy at Yale." *Yale Journal of Biology and Medicine* 84(2011):169 – 172.

DeVita, V. T. "The History of Chemotherapy." WNPR. https://medicine.yale.edu/media-player/3791/.

DeVita, V. T., and E. Chu. "A History of Cancer Chemotherapy." *Cancer Research* 68(2008):8643 – 8653.

DeVita, V. T., and E. DeVita-Raeburn. *The Death of Cancer*. New York: Farrar, Straus and Giroux, 2015.

Farber, S. "Some Observations on the Effect of Folic Acid Antagonists on Acute Leukemia and Other Forms of Incurable Cancer." *Blood* 4(1949):160 – 167.

Farber, S., E. C. Cutler, J. W. Hawkins, et al. "The Action of Pteroylglutamic Conjugates on Man." *Science* 106(1947):619 – 621.

Farber, S., L. K. Diamond, R. D. Mercer, et al. "Temporary Remissions in Acute Leukemia in Children Produced by Folic Acid Antagonist, 4-Aminopteroyl-Glutamic Acid

(Aminopterin)." *New England Journal of Medicine* 238(1948): 787-793.

Freireich, E. J. "The History of Leukemia Therapy — A Personal Journey." *Clinical Lymphoma, Myeloma & Leukemia* 12(2012):386-392.

Freireich, E. J. "The Road to Cancer Control Goes Through Leukemia Research." *Current Oncology* 16(2009):1-2.

Freireich, E. J., and N. A. Lemak. *Milestones in Leukemia Research and Therapy*. Baltimore: Johns Hopkins University Press, 1991.

Freireich, E. J., P. H. Wiernik, and D. P. Steensma. "The Leukemias: A Half-Century of Discovery." *Journal of Clinical Oncology* 31(2014):3463-3469.

Goodman, L. S., M. M. Wintrobe, W. Dameshek, et al. "Nitrogen Mustard Therapy: Use of Methyl-Bis(Beta-Chloroethyl) amine Hydrochloride and Tris (Beta-Chloroethyl) amine Hydrochloride for Hodgkin's Disease, Lymphosarcoma, Leukemia and Certain Allied and Miscellaneous Disorders." *Journal of the American Medical Association* 132(1946):126-132.

Hutchings, B. L., E. L. R. Stokstad, N. Bohonos, and N. H. Slobodkin. "Isolation of New Lactobacillus Casei Factor." *Science* 99(1944):371.

Kantarjian, H. M., M. J. Keating, and E. J. Freireich.

"Toward the Potential Cure of Leukemias in the Next Decade." *Cancer* 124(2018):4301 – 4313.

Laszlo, J. *The Cure of Childhood Leukemias: Into the Age of Miracles*. New Brunswick, NJ: Rutgers University Press, 1995.

Leuchtenberger, C., R. Lewisohn, R. Leuchtenberger, and D. Laszlo, "'Folic Acid' a Tumor Inhibitor." *Proceedings of the Society for Experimental Biology and Medicine* 55(1944):204 – 205.

Leuchtenberger, R., C. Leuchtenberger, D. Laszlo, and R. Lewisohn. "The Influence of 'Folic Acid' on Spontaneous Breast Cancers in Mice." *Science* 101(1945):46.

Lewisohn, R., C. Leuchtenberger, R. Leuchtenberger, and J. C. Keresztesy. "The Influence of Liver L. Casei Factor on Spontaneous Breast Cancer in Mice." *Science* 104(1946):436 – 437.

Markel, H. "Home Run King Babe Ruth Helped Pioneer Modern Cancer Treatment." PBS *NewsHour*, August 15, 2014. www.pbs.org/newshour/health/august-16-1948-babe-ruth-americas-greatest-baseball-star-pioneer-modern-treatment-cancer-dies.

Mills, S., J. M. Stickney, and A. B. Hagedorn. "Observations on Acute Leukemia in Children Treated with 4-Aminopteroylglutamic Acid." *Pediatrics* 5(1950):52 – 56.

Morrison, W. B. "Cancer Chemotherapy: An Annotated

History." *Journal of Veterinary Internal Medicine* 24(2010): 1249 - 1262.

Mukherjee, S. *The Emperor of All Maladies: A Biography of Cancer*. New York: Scribner, 2010.

New York Times. "War Gases Tried in Cancer Therapy." October 6, 1946.

Pui, C-H, and W. E. Evans. "A 50-Year Journey to Cure Childhood Acute Lymphoblastic Leukemia." *Seminars in Hematology* (2013)50: 185 - 196.

Spain, P. D., and N. Kadan-Lottick. "Observations of Unprecedented Remissions Following Novel Treatment for Acute Leukemia in Children in 1948." *Journal of the Royal Society of Medicine* 105(2012):177 - 181.

Tivey, H. "The Natural History of Untreated Acute Leukemia." *Annals of the New York Academy of Sciences* 60(1954):322 - 358.

Zubrod, C. G. "Historic Milestones in Curative Chemotherapy." *Seminars in Oncology* 6(1979):490 - 505.

Chapter 9: Jesse Gelsinger: Gene Therapy

Allen, J. *How Gene Therapy Is Changing Society*. San Diego, CA: Reference Point Press, 2015.

Angier, N. "Gene Experiment to Reverse Inherited Disease Is

Working." *New York Times*, April 1, 1994.

Blaese, R. M., K. W. Culver, A. D. Miller, et al. "T Lymphocyte-Directed Gene Therapy for ADA-SCID: Initial Trial Results After 4 Years." *Science* 270(1995):475 - 480.

Branca, M. A. "Gene Therapy: Cursed or Inching Towards Credibility?" *Nature Biotechnology* 23(2005):519 - 521.

Braun, C. J., K. Boztug, A. Paruzynski, et al. "Gene Therapy for Wiskott-Aldrich Syndrome — Long-Term Efficacy and Genotoxicity." *Science Translational Medicine* 6(2014):1 - 14.

Cavazzana-Calvo, M., S. Hacein-Bey, G. de Saint Basile, et al. "Gene Therapy of Human Severe Combined Immunodeficiency (SCID)- X1 Disease." *Science* 288(2000):669 - 672.

Cohen, J. "Cancer Therapy Returns to Original Target: HIV." *Science* 365(2019):530.

Corrigan-Curay, J., O. Cohen-Haguenauer, M. O'Reilly, et al. "Challenges in Vector and Trial Design Using Retroviral Vectors for Long-Term Gene Correction in Hematopoietic Stem Cell Gene Therapy." *Molecular Therapy* 20(2012):1084 - 1094.

Cross, R. "The Redemption of James Wilson, Gene Therapy Pioneer." *Chemical & Engineering News*, September 12, 2019.

Gao, G., Y. Yang, and J. M. Wilson. "Biology of Adenovirus Vectors with E1 and E4 Deletions for Liver-Directed Gene Therapy." *Journal of Virology* 70(1996):8934 - 8943.

Grossman, M., S. E. Raper, K. Kozarsky, et al. "Successful *Ex Vivo* Gene Therapy Directed to Liver in a Patient with Familial Hypercholesterolemia." *Nature Genetics* 6(1994):335 - 341.

High, K. A., and M. G. Roncarlo. "Gene Therapy." *New England Journal of Medicine* 381(2019):455 - 464.

Jenks, S. "Gene Therapy Death — 'Everyone Has to Share in the Guilt.'" *Journal of the National Cancer Institute* 92(2000): 98 - 100.

Lehrman, S. "Virus Treatment Questioned After Gene Therapy Death." *Nature* 401(1999):517 - 518.

Manno, C., G. F. Pierce, V. R. Arruda, et al. "Successful Transduction of Liver in Hemophilia by AAV-Factor IX and Limitations Imposed by the Host Immune Response." *Nature Medicine* 12(2006):342 - 347.

Marshall, E. "Gene Therapy Death Prompts Review of Adenovirus Vector." *Science* 286(1999):2244 - 2245.

Maude, S. L., T. W. Laetsch, J. Buechner, et al. "Tisagenlecleucel in Children and Young Adults with B-Cell Lymphoblastic Leukemia." *New England Journal of Medicine* 378(2018):439 - 448.

Maude, S. L., D. T. Teachey, S. R. Rheingold, et al. "Sustained Remissions with CD19-Specific Chimeric Antigen Receptor (CAR)-Modified T Cells in Children with Relapsed/

Refractory ALL." *Journal of Clinical Oncology* 34(2016):3011.

Mingozzi, F., M.V. Maus, D.J. Hui, et al. "CD8$^+$ T-Cell Responses to Adeno-Associated Virus Capsid in Humans." *Nature Medicine* 13(2007):419–422.

Mukherjee, S. "New Blood." *New Yorker*, July 22, 2019.

Mullen, C.A., K. Snitzer, K.W. Culver, et al. "Molecular Analysis of T Lymphocyte-Directed Gene Therapy for Adenosine Deaminase Deficiency: Long-Term Expression In Vivo of Genes Introduced with a Retroviral Vector." *Human Gene Therapy* 10 (1996):1123–1129.

Mulligan, R., and P. Berg. "Expression of a Bacterial Gene in Mammalian Cells." *Science* 209(1980):1422–1427.

Muul, L. M., L. M. Tuschong, S. L. Soenen, et al. "Persistence and Expression of the Adenosine Deaminase Gene for 12 Years and Immune Reaction to Gene Transfer Components: Long-Term Results of the First Clinical Gene Therapy Trial." *Blood* 101(2003):2563–2569.

Nelson, D., and R. Weiss. "Gene Researchers Admit Mistakes, Liability." *Washington Post*, February 15, 2000.

Noguchi, P. "Risks and Benefits of Gene Therapy." *New England Journal of Medicine* 348(2003):193–194.

Nunes, F. A., E. E. Furth, and J. M. Wilson. "Gene Transfer into the Liver of Nonhuman Primates with E1-Delected

Recombinant Adenoviral Vectors: Safety of Readministration." *Human Gene Therapy* 10(1999):2515 – 2526.

Ott, M. G., M. Schmidt, K. Schwarzwaelder, et al. "Correction of X-Linked Chronic Granulomatous Disease by Gene Therapy, Augmented by Insertional Activation of MDS1 – EVI1, PRDM16 or SETBP1." *Nature Medicine* 12(2006):401 – 409.

Penn Today. "Institute for Human Gene Therapy Responds to FDA." February 14, 2000.

Raper, S. E., N. Chirmule, F. S. Lee, et al. "Fatal Systemic Inflammatory Response Syndrome in an Ornithine Transcarbamylase Deficient Patient Following Adenoviral Gene Transfer." *Molecular Genetics and Metabolism* 80(2003):148 – 158.

Raper, S. E., Z. J. Haskal, X. Ye, et al. "Selective Gene Transfer into the Liver of Non-Human Primates with E1-Deleted, E2A-Defective, or E1 – E4 Deleted Recombinant Adenoviruses." *Human Gene Therapy* 9(1998):671 – 679.

Raper, S. E., M. Yudkoff, N. Chirmule, et al. "A Pilot Study of In Vivo Liver-Directed Gene Transfer with an Adenoviral Vector in Partial Ornithine Transcarbamylase Deficiency." *Human Gene Therapy* 13(2002):163 – 175.

Rinde, M. "The Death of Jesse Gelsinger, 20 Years Later." *Distillations*, June 4, 2019.

Savulescu, J. "Harm, Ethics Committees and the Gene

Therapy Death." *Journal of Medical Ethics*, June 1, 2001. http://dx.doi.org/10.1136/jme.27.3.148.

Schnell, M.A., Y. Zhang, J. Tazelaar, et al. "Activation of Innate Immunity in Nonhuman Primates Following Intraportal Administration of Adenoviral Vectors." *Molecular Therapy* 3 (2001):708 - 722.

Shalala, D. "Protecting Research Subjects — What Must Be Done." *New England Journal of Medicine* 343(2000):808 - 810.

Sibbald, B. "Death but One Unintended Consequence of Gene-Therapy Trial." *Canadian Medical Association Journal* 164(2001): 1612.

Somia, N., and I. M. Verma. "Gene Therapy: Trials and Tribulations." *Nature Reviews Genetics* 1(2000):91 - 99.

Steinbrook, R. "The Gelsinger Case." In *The Oxford Textbook of Clinical Research Ethics*, edited by E.J. Emanuel, C. C. Grady, R.A. Crouch, et al., 110 - 120. New York: Oxford University Press, 2008.

Stolberg, S.G. "The Biotech Death of Jesse Gelsinger." *New York Times Magazine*, November 28, 1999.

Varnavski, A.N., R. Calcedo, M. Bove, et al. "Evaluation of Toxicity from High-Dose Systemic Administration of Recombinant Adenovirus Vector in Vector-Naïve and Pre-Immunized Mice." *Gene Therapy* 12(2005):427 - 436.

Varnavski, A.N., Y. Zhang, M. Schnell, et al. "Preexisting Immunity to Adenovirus in Rhesus Monkeys Fails to Prevent Vector-Induced Toxicity." *Journal of Virology* 76(2002):5711 - 5719.

Weiss, R., and D. Nelson. "Teen Dies Undergoing Experimental Gene Therapy." *Washington Post*, September 29, 1999.

Wenner, M. "Tribulations of a Trial." *Scientific American* 301(2009):14 - 15.

Wilson, J.M. "Lessons Learned from the Gene Therapy Trial for Ornithine Transcarbamylase Deficiency." *Molecular Genetics and Metabolism* 96(2009):151 - 157.

Wilson, J. M. "Risks of Gene Therapy Research." *Washington Post*, December 6, 1999.

Wilson, R. F. "The Death of Jesse Gelsinger: New Evidence of the Influence of Money and Prestige in Human Research." *American Journal of Law and Medicine* 295(2010).

Yang, Y., H. C. Ertl, and J. M. Wilson. "MHC Class I-Restricted Cytotoxic T Lymphocytes to Viral Antigens Destroy Hepatocytes in Mice Infected with E1-Deleted Recombinant Adenoviruses." *Immunity* 1(1994):433 - 442.

Ye, X., G.P. Gao, C. Pabin, et al. "Evaluating the Potential of Germ Line Transmission After Intravenous Administration of

Recombinant Adenovirus in the C3H Mouse." *Human Gene Therapy* 9(1998):2135 – 2142.

Ye, X., M.B. Robinson, M.L. Batshaw, et al. "Prolonged Metabolic Correction in Adult Ornithine Transcarbamylase-Deficient Mice with Adenoviral Vectors." *Journal of Biological Chemistry* 271(1996):3639 – 3646.

Ye, X., M. B. Robinson, C. Pabin, et al. "Adenovirus-Mediated In Vivo Gene Transfer Rapidly Protects Ornithine Transcarbamylase-Deficient Mice from an Ammonium Challenge." *Pediatric Research* 41(1997):527 – 534.

Zhang, Y., N. Chirmule, G. Gao, et al. "Acute Cytokine Response to Systemic Adenoviral Vectors in Mice Is Mediated by Dendritic Cells and Macrophages." *Molecular Therapy* 3(2001):697 – 707.

Zimmer, C. "Gene Therapy Emerges from Disgrace to Be the Next Big Thing, Again." *Wired*, August 13, 2013.

Epilogue: Living with Uncertainty

Arin, F. "Dengue Vaccine Fiasco Leads to Criminal Charges for Researcher in the Philippines." *Science*, April 24, 2019.

Biswal, S., H. Reynales, X. Saez-Llorens, et al. "Efficacy of a Tetravalent Dengue Vaccine in Healthy Children and Adolescents." *New England Journal of Medicine* 381(2019):

2009 - 2019.

Couzin, J., and J. Kaiser. "As Gelsinger Case Ends, Gene Therapy Suffers Another Blow." *Science* 307(2005):1028.

Dunn, A. "'This Is a Cure.' St. Jude's Gene Therapy Succeeds in 'Bubble Boy' Disease Study." *BioPharma Dive*, April 17, 2019. www. biopharmadive. com/news/st-jude-gene-therapy-scid-bubble-boy-disease-cure/552869.

Echaluce, C.C. "Dengue Shock Syndrome Caused Most of 14 Deaths." *Manila Bulletin*, February 7,2018.

Hacein-Bey-Abina, S., C. Von Kalle, M. Schmidt, et al. "LMO2-Associated Clonal T Cell Proliferation in Two Patients After Gene Therapy for SCID - X1." *Science* 302(2003):415 - 419.

Howe, S. J., M. R. Mansour, K. Schwarzwaelder, et al. "Insertional Mutagenesis Combined with Acquired Somatic Mutations Causes Leukemogenesis Following Gene Therapy of SCID - X1 Patients." *Journal of Clinical Investigation* 118 (2008):3143 - 3150.

Mamcarz, E., S. Zhou, T. Lockey, et al. "Lentiviral Gene Therapy Combined with Low-Dose Busulfan in Infants with SCID - X1." *New England Journal of Medicine* 380(2019):1525 - 1534.

Nam, C-H, and T. H. Rabbitts. "The Role of LMO2 in Development and in T Cell Leukemia After Chromosomal Translocation or Retroviral Insertion." *Molecular Therapy* 13

(2006):15–25.

Plater, R. "First Person Treated for Sickle Cell Disease with CRISPR Is Doing Well." *Healthline*, July 6, 2020.

Sridhar, S., A. Leudtke, E. Langevin, et al. "Effect of Dengue Serostatus on Dengue Vaccine Safety and Efficacy." *New England Journal of Medicine* 379(2018):327–340.

Thomas, S. J., and I-K Yoon. "A Review of Dengvaxia: Development to Deployment." *Human Vaccines & Immunotherapeutics* 15(2019):2295–2314.

YOU BET YOUR LIFE
Paul A. Offit
copyright © 2021 by Paul A. Offit，MD
Published by arrangement with The RossYoon Agency，through TheGrayhawk Agency Ltd.
All Rights Reserved

图字：09－2022－0492 号

图书在版编目（CIP）数据

赌命：医疗风险的故事/（美）保罗·奥菲特（Paul A. Offit）著；仇晓晨译. —上海：上海译文出版社，2024. 5
（译文纪实）
ISBN 978－7－5327－9467－6

Ⅰ. ①赌… Ⅱ. ①保…②仇… Ⅲ. ①纪实文学—美国—现代 Ⅳ. ①I712. 55

中国国家版本馆 CIP 数据核字（2024）第 051421 号

赌命
［美］保罗·奥菲特 著 仇晓晨 译
责任编辑/张吉人 装帧设计/邵 旻 观止堂_未氓

上海译文出版社有限公司出版、发行
网址：www. yiwen. com. cn
201101 上海市闵行区号景路 159 弄 B 座
上海景条印刷有限公司印刷

开本 890×1240 1/32 印张 8 插页 2 字数 142，000
2024 年 5 月第 1 版 2024 年 5 月第 1 次印刷
印数：0，001—8，000 册

ISBN 978－7－5327－9467－6/I·5924
定价：55. 00 元

本书中文简体字专有出版权归本社独家所有，非经本社同意不得转载、摘编或复制
如有严重质量问题，请与承印厂质量科联系。T：021－59815621